가프 현대 판타지 소설

MODERN FANTASTIC STORY

밥도둑 약선 요리王

밥도둑 약선요리王 14

가프 현대 판타지 소설

초판 1쇄 찍은 날 § 2020년 2월 5일
초판 1쇄 펴낸 날 § 2020년 2월 12일

지은이 § 가프
펴낸이 § 서경석

총괄팀장 § 노종아
편집책임 § 신나라

펴낸곳 § 도서출판 청어람
등록번호 § 제387-1999-000006호
등록일자 § 1999. 5. 31
어람번호 § 제1-3083호

주소 § 경기도 부천시 부일로 483번길 40 서경B/D 3F (우) 14640
전화 § 032-656-4452 팩스 § 032-656-4453
http://www.chungeoram.com
E-mail § chungeorambook@daum.net

ⓒ 가프, 2019

ISBN 979-11-04-92129-2 04810
ISBN 979-11-04-91945-9 (세트)

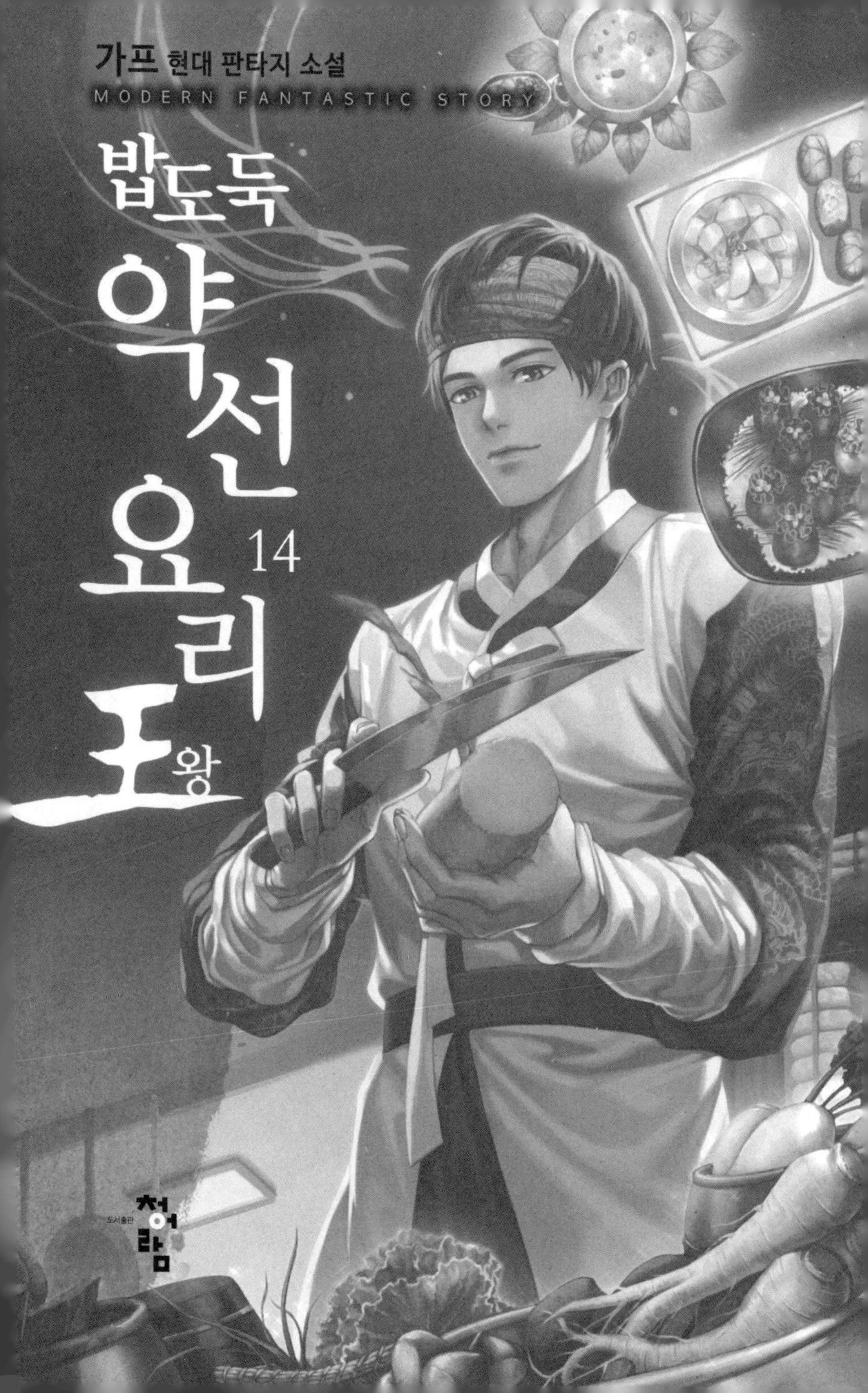
가프 현대 판타지 소설
MODERN FANTASTIC STORY
밥도둑
약선
요리
王 왕
14
도서출판
청어람

밥도둑

약선
요리
王_왕

목차

1. 영국 왕자의 예약

"이 셰프님."

와타루와 카즈마의 세단이 떠나자 양경조가 민규를 돌아보았다. 얼굴에는 웃음기가 가득했다.

"일이 잘된 겁니까?"

"되다마다요. 이 셰프님도 들었지 않습니까? 이제 일본 시장도 제대로 공략하게 되었습니다."

"축하드립니다."

"아닙니다. 이거 매번 셰프님이 도움을 주시니 몸 둘 바를 모르겠군요. 사실 어제까지의 협상은 시소를 달렸거든요."

"예……."

"깐깐한 저들도 이 셰프님 요리에 맛이 가는군요. 하긴 누구라도 안 그렇겠습니까? 이건 아예 황제의 만찬을 넘는 수준으로 펼쳐놓으시니……."

"회장님 덕분이죠. 좋은 차를 사주신 덕분에 남해까지 단숨에 다녀왔거든요."

"아아, 차가 문제입니까? 실은 비행기라도 사드리고 싶었습니다."

"그만하시고 들어가시죠. 아까 보니까 제대로 못 드시는 거 같던데?"

"세상에, 그것도 아셨습니까?"

"제가 회장님 양을 알지 않습니까? 회장님도 긴장을 하시나 봅니다."

"아주 중요한 계약이거든요. 모르시겠지만 요즘 중국 사정이 조금 좋지 않습니다."

"예? 쏸펑하이와 문제가 생겼습니까?"

"그건 아니고 중국 정부 쪽과 미묘한 문제가 생겼습니다. 다른 계열사의 문제인데 중국 쪽 파트너가 국영기업체다 보니 주석까지 연관이 되는 분위기입니다. 그게 문제가 되면 약선죽 시장의 약진도 장담할 수가 없습니다."

"예……."

"해서 일본까지 시장을 넓히면 충격완화 장치도 되고 나아가 영국과 프랑스, 독일 등의 건강식 시장을 노크하는 초석도 될 수가 있거든요. 그런데 와타루 회장이 주판을 오래 두드리길래 노심초사하던 차였습니다. 사실 식사 초대만 해도 3일 전까지는 우리 제의를 받아들이지 않았습니다. 그런데 다금바리는 물더군요. 그러니 어찌 마음 놓고 요리를 즐길 수 있겠습니까?"

"들어가시죠. 오늘은 쉬는 날이라 이어지는 예약도 없으니 다시 차려 드리겠습니다."

"아이고, 아닙니다. 그렇잖아도 쉬는 날 민폐를 끼쳐서 몸 둘 바 모르겠는 차에……."

"일본 시장 진출 축하연으로 생각하시면 되지 않을까요?"

"그렇기는 하지만……."

"들어가세요. 꺼내놓은 다금바리가 있는데 이제 와서 숙성시킬 수도 없습니다."

"그럼 염치없지만 내 아우 놈을 좀 불러도 되겠습니까?"

"상관없습니다. 한두 분 더 부르셔도… 다금바리가 워낙 대물이라 많이 남았습니다."

"그럼 염치 불고하고……."

양경조가 핸드폰을 꺼내 들었다.

"으아, 진짜 다금바리의 위엄……."

내실에 들어선 양병조가 아이처럼 자지러졌다. 형의 부름을 받은 그는 30분도 되지 않아 달려왔다.

"너, 먹어본 적 있냐?"

"왜 이러십니까? 봄에도 제주도에서 한 마리 먹고 왔는데……."

"셰프님 말이 그건 자바리란다."

"자바리가 다금바리 아닙니까?"

팔부터 걷어붙인 양병조가 민규를 바라보았다.

"그것도 다금바리로 부르지만 진품은 아닙니다."

"그럼 이게 진짜라는 겁니까?"

"그래. 와타루를 녹여 버린 진품 다금바리."

양경조가 빙그레 웃었다.

"사인했습니까?"

양병조가 발딱 고개를 들었다.

"셰프님이 다금바리로 녹여준 덕분에 성사가 되었다."

"으아앗, 고맙습니다, 셰프님."

양병조가 일어나 민규 손을 잡았다.

"말로 때우려고?"

"그럴 리가요? 뭐든지 해드리겠습니다."

형의 말에 자극받은 양병조 목소리가 높아졌다.

"제가 원하는 건 회가 싱싱할 때 어서 드시는 겁니다. 다른 건 몰라도 신선도는 한번 가면 다시 오지 않거든요."

"아이고, 그럼 먹어야죠. 와타루 회장을 녹인 진짜 다금바리라는데… 먹고 힘내서 일본 시장 장악하고 셰프님께 로열티 많이 챙겨 드리겠습니다."

양병조가 흡입을 시작했다.

"안 불렀으면 큰일 날 뻔했네."

회 한 점을 집어 든 양경조가 웃었다. 그는 이번에도 많이 먹지 않았다. 아까는 긴장 때문이고 지금은 뿌듯함 때문이었다. 어려운 계약 성사에 동생의 먹성 폭발. 즐거움을 곱씹으며 동생을 지켜보는 재미가 쏠쏠한 것이다.

"좀 천천히 먹어라. 누가 뺏어 먹냐?"

양경조가 특수 부위를 동생 앞으로 밀었다.

'형만 한 동생 없다더니…….'

양경조의 뿌듯함이 민규에게 옮겨 왔다.

*   *   *

"오!"

민규 입에서 짧은 감탄이 나왔다. 새벽 시장을 다녀온 종규와 재희 때문이었다. 오늘 받아 온 물건들은 거의 완벽했다. 특히 '양하'가 그랬다. 자색빛이 도는 양하의 꽃대는 최상품이었다. 양하는 생강과 닮았다. 향긋하면서도 독특한 풍미가 일품. 그러나 한 철만 나오는 데다 많이 유통되지 않기에 만나기 힘든 식재료였다. 둘의 발전은 궁중요리 대회 덕분이었다. 혼자 힘으로 어려움을 극복하더니 시야가 확 트인 것이다.

"합격?"

종규가 물었다.

"좋아. 95점 준다."

"와우!"

민규의 인심에 종규가 쾌재를 불렀다. 지금까지 받은 점수 중에 가장 후했다.

"셰프님."

종규가 식재료 창고로 가자 재희가 뭔가를 내밀었다.

"뭐야?"

"넥타이 하나 샀어요. 저번에 뭐라고 하셨지만 제 마음이 시켜서요."

"야, 강재희."

"받아주세요. 아니면 더 좋은 걸로 사 올지도 몰라요. 아빠도 그래야 한다고 했어요. 셰프님이 거절한다고 해서 포기하면 사람도 아니라고……."

"아, 참……."

"고맙습니다. 셰프님 덕분에 요리 속에서 날마다 행복해요."

재희 눈이 출렁거렸다.

"알았어. 받을 테니까 울지는 말도록."

"네, 셰프님."

재희가 씩씩하게 답했다.

"어? 뭐야? 분위기 꿀꿀한데?"

주방으로 돌아온 종규가 눈자위를 구겼다.

"얀마, 뭐긴 뭐야? 재희가 선물 사 왔잖아? 저건, 스승의 고마움도 모르고……."

어차피 들킨 일, 민규는 정면 돌파를 택했다.

"쳇, 고마움은 형이 느껴야지. 재희하고 내가 상 받으면 누구 얼굴이 나는데? 게다가 상도 못 받게 점수도 구리게 줘놓고는……."

"얀마, 그건……."

"그러니까 선물은 형이 우리한테 줘야 하는 거라고."

"줬잖아? 꽃하고 행병."

"쳇, 부모가 주는 학용품하고 요리사가 요리해 주는 건 선물이 아닌 거 몰라?"

"뭐?"

"자, 그럼 케미 돋는 두 분끼리 계속 잘해보시지요. 저는 아직 정리할 게 있어서……."

도발을 끝낸 종규가 주방을 나갔다.

"아, 저 자식, 언제 철이 들려는지……."

민규가 웃었다. 종규 말이 농담이라는 걸 모를 리 없었다. 덕분에 어색한 분위기 없이 넘어갔다. 그 또한 종규의 순발력이었다.

"선물을 받았으니까 차는 내가 내야겠지? 할머니하고 종규 데려다 테이블에 앉혀라."

"네, 셰프님."

대답하는 재희 목소리가 밝았다.

—명상약선차.

아침 차의 주제였다. 재료는 용안육에 복신, 원지, 감초의 구성이었다. 용안육은 성미가 달고 따뜻하다. 혈을 보충하고 심장을 안정시킨다. 총명해지는 약재로도 꼽힌다. 마른 사람이 장복(長服)하면 총명해지고 체중도 증가시킬 수 있다.

복신은 복령보다도 정신안정 효능이 뛰어난 약재. 잠을 편하게 자게 하고 비장을 강화한다. 원지는 스트레스로 인한 불안을 달랜다. 감초를 넣어 셋의 조화를 이루고 원지의 독성을 날렸다. 산산하고 그윽한 향이 좋았다.

"으음, 좋은데?"

종규가 제법 감정을 잡는다.

"아유, 편안해. 편안해."

할머니도 마음에 드는 표정. 어느새 환하게 밝아온 아침과 함께 아침 죽 행렬이 밀려들었다. 또다시 맛깔나는 하루의 시작이었다.

*   *   *

태양은 떠오를수록 점점 더 밝은 노란색으로 빛난다.

괴테의 말이다.

빨간 태양은 때로 노란색이 된다. 나아가 흰색이 된다. 괴테는 일찌감치 그걸 꿰고 있었다. 식재료도 태양을 닮아 한 모습이 아니다. 삶거나 익히면 색이 변하는 재료들이 있다. 다른 식재료와 만나면 맛이 변하는 재료도 있다.

민규는 그 맛을 꺼냈다. 빨강이 필요하면 빨강을, 노랑이 필요하면 노랑의 성분을 살리는 것이다. 하나로 부족하면 다른 식재료를 빌리면 되었다. 살릴 것은 살리고 감출 것은 감추는 것. 그게 바로 약선의 배오의기(配伍宜忌)였다.

아침 약선요리상이 차려졌다. 안드레 주의 주문이었다.

"오방색 요리로 부탁드려요."

주문은 한마디였다. 최고의 패션 거장다운 발상이었다. 오방색은 음양오행과도 통한다. 민규의 여섯 가지 체질론도 그 선상에 있었다. 황, 청, 백, 적, 흑은 목, 화, 토, 금, 수로 통하고 동서남북과 중앙이 되는 것이다.

―약선흑임자죽.

―약선유자경단.

―약선해초전.

―궁중배연근고.

―붉은팥시루떡.

―귤, 머위, 토마토, 마에 양하를 섞고 수박씨가루를 뿌린 오색샐러드.

요리가 나오기 시작했다. 흑임자죽에는 흑마늘가루와 오징어먹물을 넣어 검은색을 더 강조했다. 오징어먹물에는 항균물질이 풍부해 면역력을 강화한다. 여자의 경우에는 자궁출혈에도 유용하다. 피부 미용에도 탁월하니 비타민과 칼륨이 풍부하고 콜라겐 합성을 돕는다. 피부노화와 잔주름 퇴치에도 쓸모가 있다.

유자경단 역시 구운 고구마의 속살을 말려 가루를 낸 후에 굴려냈다. 노란 유자빛을 머금은 경단에 노란 고구마가루를 입히니 황금 경단이 따로 없었다.

해초전은 초록으로만 부쳐냈다. 해초의 심심함을 방지하기 위해 취나물 종류의 즙을 내어 반죽을 하고 해초 모양을 살렸다. 초록초록한 전들은 궁중화전의 화려함에 못지않았다.

배연근고 역시 눈처럼 하얗게 나왔다. 속살이 희고 과육이 실한 놈을 고른 덕분이었다. 까만 포인트가 되는 후추알도 백후추로 바꿔 흰색을 강조했다. 바탕이 어두운 그릇에 담아내니 흰 눈 덩어리가 빠진 포스였다.

붉은팥시루떡에는 말린 오미자와 대추를 섞었다. 거칠게 보이는 붉은 색감이 오히려 매력적으로 보였다.

이 모든 색들의 향연은 오색샐러드에서 한 번 더 강조되었다. 귤과 머위, 토마토, 마, 삶은 쥐눈이콩을 섞고 산야초 소스를 뿌린 후에 수박씨가루로 포인트를 살린 것이다.

"뷰티풀!"

테이블에 앉은 안드레 주가 손뼉을 치며 좋아했다. 비단 머플러를 두른 그녀는 혼자였다. 하얀 스포츠카를 타고 왔다. 그녀의 말로는 오늘이 영감(靈感) 데이라고 했다. 아무 생각 없이 떠나는 영감의 시간. 그 시간을 민규에게 맡긴 것이다.

"너무 멋져요."

그녀의 눈은 요리에서 떨어지지 않았다. 오방색을 원하기에 상지수 코팅 같은 필살기는 쓰지 않았다. 가공의 아름다움보다 자연 그대로의 것이 좋을 거라고 판단한 민규였다. 까만색은 더 까맣게, 노란 것은 더 노랗게, 붉은팥에 더해진 오미자와 대추의 강렬한 붉은색은 태양을 품은 듯 힘이 넘쳤다.

"잠깐 앉으세요."

그녀의 요청이 나왔다. 민규가 테이블 앞에 자리를 잡았다.

"이 까만 입자는 뭐죠? 흑임자는 아닌 것 같은데?"

안드레 주가 샐러드를 가리켰다.

"볶은 수박씨입니다."

"어머, 수박씨라고요?"

"우리는 대개 버리고 살지만 엄연히 슈퍼 푸드로 선정된 귀한 몸이에요. 체내 콜레스테롤을 낮춰주고 간의 해독을 돕는 작용을 합니다."

"신선한데요? 수박씨라니……."

"수박의 향을 머금고 있으니 맛도 나쁘지 않을 겁니다."

"그럼 이건… 죽순인가요?"

그녀의 다음 호기심은 양하였다.

"양하라고, 보기 드문 나물입니다. 귀한 거라 하나의 파격으로 넣어보았습니다."

"역시 셰프님이네요. 멀리 안 가길 잘했어요."

"고맙습니다."

"그건 제가 할 말이에요. 요리로 낼 수 있는 최상의 색을 만나게 해주셨잖아요? 정말이지 이건 푸드 아트네요."

"영감에 도움이 되면 좋겠습니다."

"되고말고요. 무인도를 돌고 아마존도 가고, 아이슬란드나 키위새의 섬에도 갔지만 그에 못지않네요. 제 영혼의 배가 불러오는 거 같아요."

"영감 때문에 여행을 많이 하시는군요?"

"그럼요. 셰프님도 그렇겠지만 창작은 고독해야 새것이 나오잖아요? 배가 불러 한자리에 머물면 바로 도태되어요. 제 생각은 그래요."

"……."

"혹시 라미네를 아세요?"

"르네요?"

"세계 최고의 창의적인 레스토랑의 창업자 말이에요."

"아, 네… 이름은 들어봤습니다."

"제 친구예요. 지난해 칠성급 호텔 오픈 행사에서 요리 시연을 할 때 입은 요리복은 제가 선물한 거지요."

"와아, 멋지네요."

"저보다는 그 친구가 멋지죠. 제 영감 여행도 그 친구에게서 벤치마킹을 한 걸요."

안르레 주가 고개를 들었다. 눈에는 생기와 희망이 넘쳐흘렀다.

"그 친구는 새로운 메뉴 개발을 위해 독특한 일탈도 서슴지 않아요. 순록의 혀를 재료로 쓰고, 보리수나무의 껍질에 생선 비늘까지……."

"……"

"그의 요리 수첩에는 티위 제도에 사는 원주민들의 요리까지도 적혀 있어요. 굉장하죠?"

"그렇네요."

"그때는 라미네가 최고인 줄 알았는데……."

안드레 주의 시선이 민규의 요리로 옮겨 갔다.

"지금은 아니에요. 내 가까운 곳에도 최고의 요리사가 있네요."

"……"

"바로 당신!"

"……"

"보세요. 이 요리의 활력. 살아 있는 오방색이잖아요? 접시에서 튀어나올 것 같잖아요? 노랑 안의 노랑, 검정 안의 검정… 이걸 패션으로 그려내면……."

그녀의 손이 휴대용 PDA 위를 날아다녔다. 그러자 근사한 드레스가 완성되었다. 민규의 오색샐러드를 닮은 색감이었다.

"고마워요. 영감을 먹듯, 차곡차곡 담아 가겠어요."

그녀가 숟가락을 들었다. 약선흑임자죽이 입으로 들어갔다.

"마치 최고급 벨벳 안감의 융단처럼 부드러워요. 얼굴에 닿고 싶을 정도로……."

죽을 문 그녀가 웃었다. 입술에 먹물이 묻었지만 그 또한 아름다웠다.

노란색, 빨간색, 흰색, 초록색…….

색색의 영감이 그녀의 몸으로 들어갔다. 초자연수를 요소에 사용한 약선요리들. 선명한 색감과 함께 맛을 제대로 살렸다. 안드레 주는 조용히 몰입했다. 그야말로 영감을 받아 작품에 몰입하는 모습이었다.

'보기 좋네.'

민규가 소리 없이 웃었다.

무언가에 열중한다는 것, 자신의 열정을 고스란히 불태운다는 것. 그녀는 고마워하지만 정작 또 하나를 배우는 건 민규였다. 세계 최고의 레스토랑으로 공인되었으면서도 노력을 멈추지 않는 라미네. 세계 정상급 패션 거장이면서도 창작의 샘을 찾아다니는 안드레 주. 그들이 민규의 피를 데워주었다.

식사를 마친 안드레 주.

민규에게 선물 하나를 주고 떠났다.

"라미네가 한국에도 오고 싶다고 했어요. 그가 오면 꼭 셰프의 요리를 소개하고 싶어요."

안드레 주가 '꼭'을 강조했다. 그 말이 민규 가슴에 꼭꼭 박혀 들었다.

"형!"

그녀를 배웅하고 주방으로 돌아왔을 때였다. 종규가 입구를 가리켰다.

"셰프님!"

누구인가 파악이 끝나기도 전에 천사가 달려왔다. 아일라, 영국 대사 부인 레이첼의 딸이었다.

"아일라, 네가 웬일로?"

종규가 그녀를 안아 들었다.

"웬일은요? 셰프님의 요리가 먹고 싶어서 왔지요."

그녀의 시선이 밖으로 향했다. 거기 영국 대사와 레이첼이 서 있었다. 종규가 어깨를 으쓱해 보였다. 이유는 이랬다. 이 예약은 영국 대사관 직원이 했다. 그렇기에 레이첼이 오는 줄 몰랐던 것. 부부와 아일라를 내실로 안내했다. 아일라는 민규 손을 잡은 채 따라왔다.

"저희 지아비세요."

그녀가 웰링턴 대사를 소개했다.

"제가 하도 셰프 자랑을 했더니 어떤 분인지 보고 싶다고 해서요."

레이첼이 웃었다. 예전과는 완전히 달라진 몸매. 이제는 정말 아가씨라고 해도 믿어질 체형이었다.

"고맙습니다. 덕분에 요즘은 우리 집사람이 바가지를 안 긁으니 살맛이 납니다."

대사가 조크를 던졌다. 한국 대사답게 한국어가 유창했다.

"요리는 셰프님 마음대로요. 우리보다 우리 몸을 더 잘 아시는 분이니까요. 비용은 이이가 영국 대사관 건물을 팔아서라도 내실 거예요."

레이첼은 민규에게 전권을 내주었다.

"그럼 아주 비싼 것으로 모셔야겠네요."

민규가 장단을 맞춰주었다.

"엄마."

레이첼 옆에 앉은 아일라가 엄마를 재촉했다. 할 말이 있는 모양이었다.

"얘는… 천천히 말씀드리려고 했는데……."

"아이, 몰라. 엘라가 기다린단 말이야."

"알았다. 알았어."

아일라를 달랜 레이첼이 민규와 시선을 맞췄다. 그와 동시에 대사가 큼큼, 긴장을 다스렸다. 분위기 때문에 공연히 긴장하게 되는 민규였다.

"셰프님!"

레이첼의 말문이 열렸다.

"예……."

"혹시 우리 영국의 베론 왕자님에 대해 들어본 적 있나요?"

"물론이죠."

"정확히는 왕세자님이신데 실은 왕세자빈께서 제 친구예요. 그 현주 엘라는 우리 아일라의 친구이기도 하고요."

"……."

"셰프님 덕분에 로힝야족 난민촌에서 봉사한 이야기와 초빛의 이야기를 나누다가 제가 그만 대형 사고를 치고 말았어요."

'대형 사고?'

잠시 뜸을 들인 레이첼, 조바심 속에 뒷말을 이어놓았다.

"제가 셰프님 자랑을 좀 했는데 왕세자 부부께서 셰프 요리에 관심이 많으시더라고요. 그래서 제가 감히 셰프님의 허락도 없이 초대장을 날렸어요. 저희 왕세자님을 맞아주실 수 있으시겠어요?"

'영국의 베론 왕세자?'

"어쩌죠?"

레이첼의 시선이 민규에게서 떨어지지 않았다. 그 옆에 붙은 아일라도 그랬다. 흠흠, 대사는 다시 긴장 모드로 들어갔다.

"그러니까 오직 제 요리를 먹기 위해 방한하신다?"

민규가 물었다.

"예."

레이첼이 끄덕 고개를 숙였다. 아일라도 엄마와 똑같이 끄덕거렸다.

"그렇다면 영광이군요."

민규가 쿨한 답을 내놓았다.

"허락인가요?"

"그럼요. 더구나 레이첼의 소개로 오는 분인데……."

"와아!"

"엄마!"

레이첼 모녀가 서로를 부둥켜안고 감격에 떨었다. 친구 사이라지만 왕세자빈. 자칫 공수표가 되면 신용이 추락할 판이었던 것이다.

"엄마, 이제 엘라에게 전화해도 돼?"

아일라가 목소리가 밝아졌다.

"안 되지. 엄마가 먼저야."

레이첼이 핸드폰을 꺼내 들었다. 그녀의 통화 상대는 왕세자빈 올리비아였다. 친구 사이지만 존대가 오갔다. 레이첼의 표정 역시 자꾸만 밝아졌다.

"이제 됐어. 엘라에게 전화하렴. 현주님에게 말 함부로 하지 말고."

"쳇, 알았다니까."

이제는 아일라가 전화를 받아 들었다.

"엘라! 나야, 아일라!"

레이첼의 주의 따위는 소용없었다. 그런 격식을 갖추기에는 아일라가 너무 어렸던 것이다.

"그래. 여기 셰프님 요리는 너무 맛있다니까. 내가 약속하는데 너 까무러칠지도 몰라."

아일라의 폭주를 들으며 일어섰다.

영국 왕세자.

영국 왕세자…….

"우왓, 대박!"

복도에서 들었던 종규, 주방까지 따라와서야 쾌재를 불렀다.

"진짜 영국 왕세자님이 오시는 거예요?"

재희도 호기심 가득이다.

"너희들, 왕자님 처음이냐? 지난번에 아랍의 왕세제님도 보았으면서?"

민규가 말했다.

"그건 왕세제고 이건 왕세자잖아요? 왕세제는 왕의 동생이지만 왕세자는 왕의 아들이니까 진짜 왕자잖아요?"

재희 목소리가 빨라졌다.

"하지만 이번 왕세자님도…….'

검색을 해본 종규 얼굴이 실망으로 물들었다. 영국 왕세자역시 일반인들이 생각하는 동화 속의 왕자는 아니었다.

"으악, 또 할저씨네."

재희가 자지러졌다. 할아버지까지는 아니지만 삭은 것만은 틀림없었다.

"안 되겠네. 재희를 위해서라도 어디서 젊은 왕자님을 한 분 초청하든지 해야지……."

"셰프님, 그게 아니에요. 저는 그냥……."

"아니긴. 형, 얘 알고 보면 공주병이라니까. 그래서 왕자라면 뻑 가는 거야."

기회를 잡은 듯 종규가 재희 염장을 질렀다.

"됐거든? 뻑 가기는 누가 뻑 간다고."

재희 눈이 반격의 레이저를 뿜었다.

"그만하고 약수 세트나 가져다 드려라. 종규는 곽향 꺼내다 끓이고 재희는 화전 지져낼 준비 좀 하고. 아, 꽃은 국화에 진달래지만 장미는 빼고 해당화로."

"해당화요?"

재희가 돌아보았다.

"아일라가 좋아하거든."

민규가 웃었다. 아일라의 기호까지 기억하고 있는 것이다.

―대추나무잎 조엽에 연자밥.

―다금바리해초초밥.

주식은 각기 다르게 구성했다. 전자는 레이첼의 것이고 후자는 대사와 아일라의 것이었다. 물론 앞서 보낸 초자연수도 그랬다. 레이첼의 것은 3종 세트가 아니라 추로수에 육천기였다. 아가씨 때 몸매에 가까워진 레이첼. 그녀의 꿈은 무엇일까? 더 멋진 라인의 구현, 그것이 아닐 수 없었다.

소담한 식사에 비해 다른 요리들은 화려하게 갖춰주었다.

청포묵부침을 필두로 오쟁이떡, 쑥단자, 귤병단자 삼총사, 화전, 꽃산병, 콩떡이 차려지니 테이블은 꽃의 정원이 되고 말았다.

"엄마, 이것 좀 봐."

아일라의 마음을 끈 건 청포묵부침이었다. 노랗게 익어 나온 녹두 가운데 사각형으로 박힌 흰 청포묵이 장관이었다. 그냥 별이 아니라 해당화 꽃잎으로 만든 꽃살 문양이었다. 종규의 작품이었다. 요리 대회에서 꺼내놓은 회심의 문양. 썩히기 아까우니 여기에 접목하도록 시킨 민규였다.

"셰프님, 이거 사진 찍어도 돼요?"

아일라가 물었다. 기특하게도 저작권(?)의 개념을 알고 있는 것일까?

"그럼."

허락이 떨어지자 아일라가 사진을 찍어댔다. 레이첼이 더 좋은 구도를 알려줘도 막무가내. 서툰 손으로 멋대로 눌러대고는 레이첼에게 지시를 내린다.

"엘라에게 보내줘."

"엘라가 아니고 현주님."

현주는 왕세자의 딸을 가리키는 말이다. 왕의 딸은 공주지만 왕세자의 딸은 현주라고 불렸다.

"핏, 나한테는 그냥 엘라야. 엘라도 그러라고 했어."

"좋아. 하지만 왕세자님 앞에서는 안 돼."

"알았어. 생각해 볼게."

아일라는 볼살을 내밀며 버텼다.

"그런데 셰프님……."

레이첼이 민규를 바라보았다.

"말씀하시죠."

"제가 잘 모르던 일인데 우리 이이가 말해주네요. 왕세자님이 까탈스러운 식성이라고… 아무래도 미리 알려 드려야 할 것 같아서요."

"까탈스럽다고요?"

"예, 찜 같은 경우에 웬만한 물로 찐 것은 먹지 않는다네요. 게다가 이분이 육식보다 채식을 즐기는 분이라서……."

"베저테리언인가요?"

"거기까지는 아니에요."

"그럼 따로 지정하는 물이 있나요?"

"그것도 아니고요. 물에 대해 남다른 성향이 있다고 해요."

레이첼이 대사를 바라보았다. 남은 설명을 대사에게 넘기는 것이다.

"제가 몇 번 식사를 같이한 적이 있는데……."

대사가 설명을 이었다.

"일단 맛을 보고 아니다 싶으면 그 접시에 손을 대지 않습니다. 나중에 왕실 관료가 귀띔을 하더군요. 그런 요리가 나오는 식당에서는 그저 시늉만 내지 즐겁게 식사하지 않으신다고. 대신 마음에 들면 과식도 불사한다고 합니다."

"……!"

민규의 눈빛이 출렁 흔들렸다. 물맛을 가린다면 굉장한 미식가에 속했다. 물이라면 자신 있는 민규. 그러나 왕세자는 유럽 사람이었다. 그의 입맛은 한국인과 다를 수 있었다.

"참고하겠습니다."

민규가 답했다. 그런 이유로 주저할 민규는 아니었다.

주방으로 돌아와 다른 테이블의 요리를 준비했다. 이때까지도 민규는 영국 왕세자의 내방이 그토록 엄청난 사건이 될 줄 몰랐다. 왕족의 내방이 처음도 아니기 때문이었다.

"그럼 다음에 뵙겠습니다."

식사를 마친 아일라가 배꼽 인사를 해왔다. 그 모습이 귀여워 말린 과일을 듬뿍 안겨주었다. 가는 길에 간식으로 삼으라는 배려였다.

레이첼 부부는 그렇게 멀어졌다.

심상치 않은 반응은 저녁 무렵에 시작되었다. 가게 전화에 불이 붙기 시작했다.

"네, 초빛입니다."

멋모르는 종규가 전화를 받았다. 이때부터 전화는 숨 쉴 여유도 없이 울려댔다.

—○○신문입니다.

—KTBC입니다.

—SBN입니다.

—여기는 요리 신문사인데요.

모두 한결같았다. 걸려오는 전화마다 족족 영국 왕세자 방한에 대한 내용이었다. 결국 전화를 내려놓았다. 민규 전화에도 부재중전화가 수십 통으로 쌓여갔다.

전화가 안 되니 기자들이 몰려왔다. 주차할 공간이 없자 도로까지 차를 세웠다. 경찰이 출동하고 구경꾼들이 몰려들었다.

"영국 왕세자가 오직 초빛의 요리를 먹기 위해 온다고 하던데 사실입니까?"

"왕세자는 어떤 요리를 예약했습니까?"

"왕세자는……."

기자들의 아우성에 요리를 못 할 지경이었다. 알고 보니 영국 대사관 측에서 새어 나간 정보였다. 세계 최고의 왕실로 꼽히는 영국 왕실. 게다가 오직 요리 한 번 먹기 위해서 띄우는 왕궁 전세기. 뉴스가 되지 않을 리 없었다.

"초빛은 궁중요리로 유명하지만 미슐랭 별은 없는 것으로 알고 있습니다. 왕세자의 내방 경위를 알고 싶습니다."

"일각에서는 초빛이 유명세를 위해 기획한 일이라는 설이 있던데 어떻게 생각하십니까?"

도발적인 질문도 나왔다. 그걸 정리한 게 차만술이었다. 소란을 듣고 내려온 차만술. 당치도 않은 질문에 핏대를 올리고 나섰다.

"당신들 말이야, 기자라고 되는 대로 떠벌려도 되는 거야? 우리 이 셰프 가게에 미슐랭 별이 없는 건 스스로 거절했기 때문이고, 기획설 운운하는 건 가십 좋아하는 당신들이 시청자나 독자를 팔아 멋대로 지어내는 스토리잖아? 이러니까 기레기 소리 듣는 거 아냐?"

차만술의 독설에 기자들이 입을 다물었다. 단 한 방의 평정이었다.

"영국 왕세자의 예약이 들어온 건 사실입니다. 하지만 아직 정해진 건 없습니다. 요리도 당일 식재료에 따라 정해질 것 같습니다. 제가 드릴 말씀은 이것뿐입니다."

짧게 답한 민규, 바짝 달아오른 팬에 기름을 붓고 고춧가루를 듬뿍 풀어버렸다.

"콜록콜록!"

매운 냄새에 질린 기자들이 기침을 하며 물러났다.

"고맙습니다."

민규가 차만술에게 인사를 전했다.

"무슨 소리. 누구든 이 셰프 괴롭히면 말만 하라고. 이놈의 인간들은 남 잘되면 꼭 초를 쳐요. 뭐 기획설? 하여간 생각하는 거 하곤… 응? 그러고 보니 나도 옛날에는 그랬지?"

핏대를 올리던 차만술이 얼굴을 붉혔다. 민규를 씹어대던 옛날이 떠오른 모양이었다.

다 돌아간 줄 알았던 기자들. 그러나 근성 있는 기자가 있었다. 게다가 안면도 있었다. KTBC 기자였으니 손병기 피디의 후배였다. 그는 갓길에 차를 대고 기다렸다. 작은 간이 의자 위였다. 민규의 영업이 끝나자 그제야 다가왔다. 안면이 있었으니 냉대하기도 어려웠다.

"잠깐만 시간 좀 될까요?"

그가 조심스레 물었다. 별수 없이 시간을 내주었다.

"저 손병기 피디님 후배입니다."

"알고 있습니다."

"그냥 돌아가려다 손 선배님과 통화를 했는데 특종이 그렇게 쉽게 나오냐고 밤을 새워서라도 기다렸다가 시도해 보라기에……"

그의 말을 듣고 핸드폰을 보았다. 손병기의 문자가 있었다.

[또 대박이군요. 호사다마라고 좋은 일이 많다 보면 악의적인 사람이 있을 수도 있습니다. 그러니 이런 대형 기삿감에 대해서는 미리 사실관계를 보도하는 게 좋을 것 같습니다.]

애정이 엿보이는 조언이었다. 민규가 생각지 못한 사실이었다. 손병기의 의견을 존중해 취재에 응했다.

"발단을 알고 싶습니다. 왕세자가 오게 된 계기 말입니다. 국민들은 그게 궁금한 거 같습니다."

"영국 대사관이 발단입니다. 대사 부인 레이첼이 제 단골인데 그분의 비만을 약선으로 고쳐주었습니다. 그분이 왕세자빈과 친구 사이라 서로 통화를 하다가 다리가 놓인 것 같습니다."

"누가 오는 겁니까?"

"왕세자 부부와 현주까지 세 명으로 알고 있습니다."

"메뉴는 따로 정하지 않았나요?"

"메뉴는 그날의 식재료에 따라 구성이 달라질 겁니다."

"그래도 권하고 싶은 요리는 있겠죠? 과거 엘리자베스 여왕이 왔을 때의 기록을 보면 신선로와 삼색밀쌈말이에 극찬을 했다고 하던데요."

"저는 약선에 궁중요리를 합니다. 왕세자 가족 몸에 이상이 있으면 그 균형을 잡아주는 게 첫째고 둘째는 한국 궁중요리의 멋을 맛나게 보여 드릴까 합니다."

"샘플로 한 가지 꼽는다면요?"

"한국 자연의 소박한 멋을 담은 야생초약선수프입니다. 왕세자 가족도 좋아할 것으로 봅니다."

"영국 왕세자가 오직 한 끼 식사를 위해 방한하는 셈인데 기분이 어떻습니까? 이건 유럽의 최고 셰프들도 유래를 찾기 힘들 일인 거 같던데?"

"궁중요리의 기본은 손님 모두를 왕으로 알고 요리하는 겁니다. 더도 덜도 없이 궁중요리의 기본대로 하겠습니다."

멘트의 마감.

취재는 그렇게 끝났다.

다음 날 방송과 인터넷에 기사가 올라가자 검색어가 요동을 치기 시작했다.

초빛.

이민규 셰프.

영국 왕세자.

약선요리.

네 검색어는 순위를 바꿔가며 인터넷을 달구었다.

그 오후에 영국 대사관에서 통보가 왔다.

다음 주 목요일 오후 다섯 시.

예약 인원은 왕세자와 왕세자빈, 그리고 현주까지 세 명.

메뉴는 셰프에게 일임.

통보는 아주 짧았다.

목요일, 그러니까 9일 후였다.

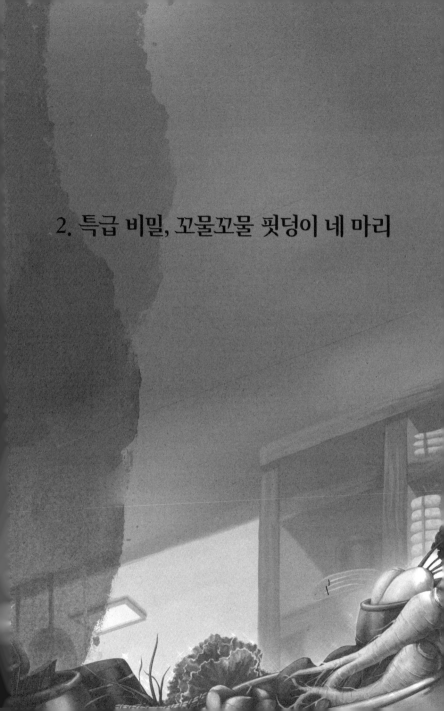

2. 특급 비밀, 꼬물꼬물 핏덩이 네 마리

꿀.

생강.

소금.

식초.

소변.

다섯 가지 재료가 보였다.

무엇에 쓰느냐?

이윤이 물었다.

약효를 오장으로 보내는 데 씁니다.

권필이 답했다.

폐, 비장, 신장, 간장, 심장의 오장이 보였다.

어떻게 연결하느냐?

꿀은 폐로, 생강은 비장으로, 소금은 신장, 식초는 간장, 소변은 심장으로 보낼 때 씁니다.

소변은 누구의 것이냐?

어린아이의 것입니다.

그렇다면 이것은 무엇에 소용이 되느냐?

이윤이 꺼내놓은 건 술이었다.

머리와 얼굴, 손끝과 피부에 병이 있을 때 약 기운을 끌어올리기 위해 씁니다.

어떻게 쓰느냐?

술에 넣었다가 볶아서 씁니다.

병이 목구멍 아래나 가슴, 등에 있을 때는 어떻게 하느냐?

술에 담그거나 적신 후에 말려서 씁니다.

다리에 있으면 어떻게 하느냐?

그냥 쓰면 됩니다.

그럼 이걸 다 합치면 어떻게 되느냐?

이윤이 재료를 들어 보였다. 재료를 합치자 강한 산성이 되었다. 그게 요리에 떨어졌다. 알고 보니 민규의 얼굴이었다.

억!

비명을 질렀다. 강산이 떨어진 얼굴에 구멍이 숭숭 뚫렸다. 바람이 지나갔다. 치아에도 떨어졌다. 치아가 녹아버렸다. 어억, 얼굴을 쥐어뜯다가 잠에서 깨었다.

"……?"

눈을 뜨니 김순애가 보였다. 주용길도 보였다. 아직 꿈인가? 눈을 껌뻑이니 종규도 보였다. 풋 하고 웃는다. 그제야 알았다. 점심시간의 폭풍이 지나간 후에 휴식차 야외 테이블에 앉았다. 그러다 깜빡 졸아버린 모양이었다.

젠장, 침은 안 흘렸나?

얼른 일어나 손님을 맞았다.

"죄송합니다."

"아니에요. 하도 맛나게 자길래 내가 깨우지 말라고 했어요."

김순애가 웃었다.

"그럼 대체 얼마나?"

민규가 종규를 돌아보았다.

"15분?"

종규가 답한다. 15분의 무게만큼 얼굴이 화끈거렸다.

"들어가시죠."

민규가 내실을 가리키자,

"우리 의원님이 여기가 마음에 드신다고 하는데……."

김순애는 민규가 졸았던 자리를 가리켰다. 그 자리가 둘의 테이블이 되었다.

"뭘로 준비해 드릴까요?"

민규가 물었다. 원래는 김순애가 예약한 자리. 주용길 의원과 온다는 말은 없었다.

"의원님 이가 안 좋으시다니 간단한 죽이 좋겠어요."

김순애가 걱정스러운 표정을 지었다.

"이가요? 너무 무리를 하셨나요?"

민규가 주용길을 바라보았다. 어쩌면 요즘, 민규보다 더 핫한 사람이 주용길이었다. 마침내 대선후보 물망에 올라 동분서주하는 까닭이었다. 최근의 여론조사에서는 대선후보군 10여 명 중에서 1~2위를 다툴 정도로 부각되어 있었다. 그러니 과로가 없을 리 없었다.

"……!"

상지수창을 리딩하던 민규 눈이 신장에서 멈췄다. 주용길은 火형이다. 지난번까지도 큰 무리가 없던 건강. 그런데 신장에서 SOS 혼탁이 잡히고 있었다. 단시간에 생긴 엄청난 대미지였다. 그 혼탁을 따라가니 심장에도 보이고 얼굴에도 보였다. 최고의 대미지는 치아에 있었다. 그의 안쪽 치아는 테러 수준이었다. 몇 개는 빠지고 몇 개는 사망 직전까지 치달았다. 무늬만 치아지 씹는 능력은 거의 없었다.

"의원님……."

읽어낸 것을 곧이곧대로 말할 수 없어 의원의 얼굴만 바라보았다.

"어험, 이게 말입니다. 병원에서도 원인이 나오지 않는데 나는 피로하단 말이지요."

주용길이 겨우 입을 열었다.

"피로한 정도가 아닙니다. 일단 치아가……."

"아셨습니까?"

"예."

"어허……."

주용길의 탄식이 땅에 닿았다. 그러고 보니 얼굴에도 먹구름이 끼었다. 신장이 다운되었기 때문이다.

"신장의 기가 바닥입니다. 사고 소식 같은 건 없었으니 소금이라도 들이켠 겁니까?"

"소금? 그게 문제가 되나요?"

주용길이 반응했다.

"일이 있으셨군요? 의원님은 火형 체질이라 짠 것을 과용하시면 신장과 방광에 병맥이 돌출합니다."

"어이쿠, 역시 내 명의는 여기 계셨군. 난다 긴다 하는 의사들도 모르던 것을……."

"괜찮으시면 말씀을 해주시겠습니까?"

"실은 그러려고 온 것입니다만……."

주용길이 말을 아꼈다. 치아 때문으로 보였다. 돌연 절반 이상 날아간 치아들. 지금 상태로 보아서는 더 날아갈지도 모른다. 그럼에도 의치를 하지 않았다. 주용길이 돈이 없을 리 만무하니 그 또한 심상찮은 조짐이었다.

"사실은 내게 건강과 운세를 자문해 주시는 법사가 계신데 그 양반이 볶은 소금 냉수욕을 권하지 뭡니까? 그걸 하면 몸이 젊어질 테니 대선의 이미지 관리에 유리할 거라며……."

"잠깐만요. 그럼 지금까지 소금 냉수욕을 하셨단 말씀입니까?"

"예."

"얼마나요?"

"오늘 아침까지도……."

"한 번에 얼마나 하십니까?"

"아침저녁으로 반 시간이니 매일 한 시간……?"

"맙소사, 그거 당장 중단하셔야 합니다."

민규가 소리를 높였다.

"셰프……."

"그게 신장을 해친 원인입니다. 소금은 화형 체질에게 해가 됩니다. 냉수욕을 할 때도 싫은 걸 억지로 참고 계셨죠?"

"그야 건강에 좋다니까……."

"찬물에 들어가 억지로 참으며 목욕을 하면 신장이 망가집니다. 그 두 요인이 급격히 일어나면서 생긴 사기가 치아를 친 겁니다."

"……?"

"내일이라도 그만두지 않으시면 남은 치아도 다 빠질지 모릅니다."

"그게… 그렇게 되는 거요?"

"심장의 화요 신장은 수입니다. 오행에서는 화극금이지만 경우에 따라서는 화극수가 될 수도 있는 겁니다. 불이 거세면 물을 삼키지 않습니까?"

"셰프……."

"안타깝군요. 하필이면 치아라니……."

"내 말도 그거라오."

주용길이 말을 이어갔다.

"실은 나를 지지하는 원로들 중에 비룡재천 이견대인(飛龍在天 利見大人)이라는 말을 신봉하는 분이 계십니다. 이분이 나에 대한 지지를 천명해 주는 바람에 중도였던 의원들이 내 편에 섰고 덕분에 이 사람의 지지도가 탄력을 받았지요."

비룡재천 이견대인(飛龍在天 利見大人).

용이 기회를 얻어 큰일을 할 때가 되었다는 뜻이다.

"그런데 그분이 제게 마음을 열어준 계기가 바로 치아였습니다."

'치아?'

"치아의 상이 좋으니 여의주를 제대로 물고 비상할 거라는 거였죠. 나중에 들은 이야기지만 그분은 두세 명의 잠룡을 두고 궁리를 거듭했다고 합니다. 그리고 결정을 내린 거죠. 신라의 이사금처럼 말입니다."

이사금.

떡을 깨물어 떡에 난 잇자국 수로 왕위 계승을 삼은 일이다. 당시 신라에는 '덕이 높은 사람은 이가 많다'라는 말이 있었다. 이 말은 이후로도 면면한 소문으로 남았다. 즉, 치아가 40개 이상이면 대성인이 되고 34~38개면 왕이 된다는 게 그것이었다. 보통 사람들의 이가 28개인 것에 비하면 많은 수에 속했다. 관상에서도 이가 25개 아래면 격이 낮고 단명할 확률이 높다고 말한다.

민규는 그 말을 이해할 수 있었다. 세 전생 때문이었다. 당시만 해도 관상 같은 것이 통하는 시대. 적어도 그때는 그런 말이 먹혔다. 치아가 많으면 골수가 많아지니 면역력이 높아진다. 턱 면적도 넓어진다. 관상에서는 턱이 넓으면 많은 부하를 거느린다고 하고 좋은 말년 복에 장수를 누리는 것까지 예측한다. 이런 것들을 연결하면 대권상으로 귀착이 되는 것이다.

시대는 바뀌었다. 그러나 아직도 그런 정서에 기대는 사람은 많았다.

"그럼 의원님의 치아 개수가?"

"서른네 개입니다. 사랑니라고 하는 게 남들보다 많고 하나도 빠지지 않았거든요."

"……."

"그런데 이걸 다 뽑아내고 의치를 박으면 어떻게 되겠습니까? 당연히 소문이 나겠지요. 아직 전당대회에서 대선후보로 확정된 것이 아니니 그분께서 지지를 철회할 수도 있습니다. 그렇게 되면……."

"……."

"고민하던 차에 김 여사를 만났습니다. 제 후원을 맡고 있거든요. 셰프님께 가서 약선요리 한 그릇 제대로 하면 기분전환이 될 거라고, 오는 길인데 뜬금없이 그런 말을 해요. 이 셰프님이라면 혹시라도 천상의 약선 비방 같은 걸로 치아를 다시 나게 해줄지도 모르지 않냐고?"

"……."

"허헛, 그냥 해본 말입니다."

"……."

"내가 셰프님을 심란하게 한 모양이군요. 그냥 기분 전환용 죽이나 부탁드립니다."

주용길의 표정이 쓸쓸하게 변했다. 자신이 생각해도 안 될 일인 것이다.

민규는 잠시 생각에 잠겼다.

주용길!

아직은 잠룡이다. 여론조사에서 앞서간다지만 정치는 변수가 많다. 그러니 당선 때까지는 가능성뿐이었다. 그러나 이 사람, 마음에 들었다. 오만하지 않으면서도 힘에 넘쳤다. 속된 말로 인간이 되었다. 그건 요리를 먹는 모습으로도 알 수 있었다.

사람에게 인상이 있고 관상이 있듯 요리에도 식도가 있고 식법이 있었다. 천박하게 먹는 사람, 느긋하게 먹는 사람, 혹은 품위 있게 먹는 사람. 음식 앞에서는 가장 솔직해지는 게 인간이었으니 믿을 만한 식도(食道)를 가진 주용길…….

그렇다면 투자하는 셈 치고 도와줄 수 있었다. 주용길이 대통령이 된다고 무슨 부귀영화를 누릴 것도 아니지만 높은 우군을 가지고 있어서 손해날 일은 없었다. 거기에 보너스도 있었다. 이 사람을 도우면 김순애의 마음도 더 살 수 있었다.

"이야기를 꺼냈다가 집어넣으니 제가 도리어 심란해지는군요."

마음을 굳힌 민규가 슬쩍 운을 뗐다.

"예?"

"김 여사님, 죄송하지만 자리를 좀 비켜주시겠습니까?"

민규가 김순애를 바라보았다. 지금까지와 다른 묵직한 목소리. 범상치 않음을 느낀 김순애가 군말 없이 일어섰다.

"위원님."

김순애가 멀어지자 민규가 말을 이었다.

"한 가지 묻고 싶은 게 있습니다. 의원님은 치아의 숫자가 왕을 만든다고 생각합니까?"

"그건 아니지만 워낙 영향력이 있는 분이 믿고 있으니……."

"다행이군요. 혹시라도 치아의 숫자로 대권을 꿈꾸신다면 그런 약선은 궁리하지 않으려 했습니다."

"셰프, 방금 그 말씀은……."

"100% 장담은 못 하지만."

잠시 여운을 남긴 민규, 바로 뒷말을 붙여놓았다.

"치아의 재생 약선, 가능합니다."

"셰프님······."

그 한마디에 주용길의 넋이 나갔다. 치아였다. 상처 난 피부나 오장의 하나를 낫게 하는 게 아니었다. 암을 고치는 것보다도 불가능한 게 영구치를 새로 나게 하는 것. 그렇기에 물에 빠진 사람 지푸라기라도 잡는 심정으로 던져본 말. 그 말에 화답하는 민규였다.

"설마, 이 사람하고 농담을 하는 건 아니겠지요?"

"그럴 리가요. 다시 말씀드리지만 그런 약선요리가 있습니다."

"······."

"마음이 급하시고 몸도 급하시죠. 하긴 지금 상태라면 한 달 안에 치아들이 줄줄이 뽑혀 나갈 겁니다."

"그렇다면 시간은 얼마나 걸리는 건가요."

"잠깐만요."

돌아선 민규가 황창동에게 전화를 걸었다. 무슨 약재든 대주는 그였으니 이 특별한 약재 또한 부탁을 하는 것이다.

―구해보지.

그가 힘주어 말했다.

"여기 성명 세 글자를 써주십시오."

민규가 한지를 내밀었다. 주용길이 민규 말을 따랐다.

"오늘 밤에 혼자 오십시오. 하루가 급하신 것 같으니 어떻게든 준비해 보겠습니다."

"셰프님……."

"만약 성공하게 된다면, 그래서 대통령이 된다면… 정말 맛깔나는 정치를 펼쳐주시기 바랍니다."

"그건 내 명예를 걸고 약속하오."

"그럼 지금은 그냥 가십시오. 죽 한 그릇으로 위로가 될 일이 아니고 저도 준비를 해야 하니까요."

"알겠습니다."

주용길이 일어섰다.

'치아…….'

이 지상 명제는 권필의 생애에 있었다. 그렇기에 시도를 결심한 민규였다.

"왕의 치아를 살릴 방도를 찾아보거라."

원나라의 사신이 오기 직전에 떨어진 은밀한 명령이었다. 하필이면 왕의 대문니 두 개가 빠진 것이다. 그런 모습으로는 왕의 체통을 살리기 어려웠다. 주어진 시간은 단 열흘. 권필은 궁리에 궁리를 거듭하다 답을 찾아냈다. 답은 멀리 있지 않았다. 그러나 우아하지 않았다.

고민을 했다. 왕에게는 천한 재료를 쓸 수 없었다. 설령 치아가 난다고 해도 나중에 재료가 밝혀지면 목이 떨어질 판. 권필은 그 불경한 재료를 떡에 넣어 감추었다. 그 떡을 구워내 왕의 치아를 살렸다.

떡!

가루가 되었으니 왕의 측근들이 보아도, 상궁이 보아도 문제 될 게 없었다. 왕의 치아는 다시 났고 왕의 체통도 살았다. 권필의 목도 달아나지 않았다.

일단 확인부터 했다. 동의보감이 그것이었다. 권필의 방법은 동의보감으로도 전하고 있었다. 방법도 여러 가지였다. 첫 번째 비방은 100일이 걸린다. 두 번째는 한 달이 걸리고 세 번째는 최단 10일로 적혀 있었다. 하지만 민규에게는 초자연수가 있었다. 그것들을 잘 배합하면 기간을 당길 수도 있었다. 약재는 백급과 구릿대, 청염과 족두리풀에 당귀와 숙지황이었다. 청염이 없으므로 그 또한 황창동에게 요청을 했다.

떡은 살구떡 행병으로 정했다. 살구는 화형 주용길에게 맞는 식재료였다. 냉수욕에 소금만 과용하지 않는다면 신장의 안정은 잡을 수 있는 일. 그렇다면 한바탕 신나게 먹는 게 좋을 것 같았다. 지금은 고려나 조선시대가 아닌 것. 천상의 비방이라고 해서 메스꺼움을 참으며 꾸역꾸역 넘기게 할 생각은 없었다.

경옥고를 꺼내놓았다. 비방의 경옥고는 치아를 새로 나게 한다. 하지만 치아 약선 단독으로는 써보지 않은 상황.

마지막은 요리서 '요록'의 비방이었다. 출주(朮酒)가 나온다. 주용길의 이름 석 자를 받은 이유였다. 출주 역시 경옥고에 버금간다고 한다. 이 술을 마시면 백발이 검어지고 빠졌던 이가 새로 난다. 마침 창출로 담가둔 약주가 있으므로 술 담는 방법의 하나인 온법을 응용해 시간을 당길 생각이었다. 이들의 고루 취합하면 시너지가 될 일이었다.

마침 황창동에게 부탁한 재료도 퀵으로 날아왔다.

출입 금지!

퀵 상자를 들고 가 창고 안의 문을 걸어 잠갔다. 밝혀져서 누가 될 일이라면 비밀을 유지하는 게 좋았다. 재희가 알고 종규가 알면 비밀이 아니니까.

—치아가 나는 약선떡죽.

—치아가 나는 약선경옥고사탕.

21세기의 왕을 노리는 사람을 위한 도전이었다.

가능하겠느냐?

마음에서 울림이 나왔다.

해봐야 알지요.

여유를 부렸다.

상자를 열었다. 꼬물거리는 생명체 네 마리가 나왔다. 민규의 손이 그 생명체들을 향해 움직이기 시작했다. 암수 자웅에서 구한 덩어리 각 14개도 고이 꺼내놓았다.

누구나 무모하다고 생각하지만 민규에게는 데자뷔로 공유

된 일. 치아 재생 약선, 그 비급 약선요리의 시작이었다.

*   *   *

"안녕히 가십시오."

마지막 손님을 보냈다. 혜윤 스님이 모시고 온 고승들이었다. 삼합죽과 타락죽, 방풍죽을 먹고 갔다. 대추설기와 쑥단자를 곁들여 주었더니 너무나 좋아했다.

"스트레스가 쫙 풀렸어."

고승들이 한결같이 말했다. 최근에 일어난 종파의 갈등 때문이었다. 번뇌를 버리라고 설파하는 스님들 세계에도 번뇌가 있다니. 세상은 공평한 모양이었다.

그제야 주용길에게 전화를 걸었다.

"이제 오시면 됩니다."

짧은 통화를 마치고 창고 쪽 간이 주방으로 걸었다. 비방 약선을 완성할 시간이었다.

떡부터 시작했다. 찹쌀에 멥쌀을 분량 섞어 주용길의 체질창과 맞춘 뒤 백급과 구릿대, 족두리풀, 당귀와 숙지황가루 등을 넣고 찧어 떡 반죽을 만들었다. 물은 반천하수만 썼다. 선약이나 불로약에는 필수적이었다.

'후우!'

잠시 숨을 돌렸다.

궁극의 맛과 궁극의 약효!

그 길은 하나였다. 비율이 조금이라도 빗나가면 망친다. 궁극의 약선이라면 더욱 그랬다. 정밀요리를 하는 일본 셰프 치노처럼 신중에 신중을 더할 수밖에 없었다.

떡 반죽을 떼었다. 오직 네 덩어리였다. 분량은… 아직도 꼬무락거리는 네 생명체를 감싸는 크기에 맞췄다. 엄지손가락보다도 작은 생명체지만 각각 크기가 달랐다. 반죽 안에 그것들을 넣고 정성껏 떡을 빚었다.

찌— 찌—

낮고 낮은 생명체의 소리가 반죽 속에 감춰졌다.

찌— 찌—

이 소리는 새끼 쥐의 소리였다.

쥐!

당신이 아는 그 쥐다.

그러니까 떡살 안에 들어간 건 갓 낳은 핏덩이 새끼 쥐였다. 치아가 나는 비방에는 쥐가 필요했다. 쥐는 이빨이 강하다. 무엇이든 갉아낸다. 수놈 쥐의 뼈를 발라 정해진 약재와 섞어 약한 불로 말려 갈아낸 가루를 잇몸에 문지르면 치아가 나온다. 이류보류의 일환이다.

다음 방법은 눈도 뜨지 않은 새끼 쥐였다. 지금 민규가 쓰고 있는 방법이었으니 떡으로 만들어 가루를 내어 쓰면 되었다.

매개가 떡이었다. 혐오감과 거리가 멀었다. 약선요리에 어울렸으니 이 방법을 택한 민규였다.

물에 적셔둔 한지를 꺼냈다. 숯불은 이미 준비가 되었다. 불길 조절이 중요했다. 센 불은 안 된다. 약한 불도 안 된다. 그 중간을 맞추는 것 또한 일이었다. 불길 조절이 끝나자 등에 흥건한 땀이 느껴졌다. 떡을 불 위에 올렸다. 연기가 나지 않을 때까지 구워야 했다.

다음으로 경옥고를 꺼내놓았다. 경옥고를 닮은 덩어리 28개도 꺼내놓았다. 이 마른 덩어리들은 수탉의 똥과 암탉의 똥 덩어리다. 이름하여 웅계분(雄鷄糞), 자계분(雌鷄糞)으로 각 14개의 덩어리였다.

이 덩어리들은 약한 불기운에 말려 가루로 사용한다. 사향을 조금 섞어야 한다. 그런 다음 치아가 날 곳을 찔러 피가 나게 한 다음에 스며들게 하는 비법이다. 늙은 사람은 20일, 젊은이는 10일이면 치아가 난다고 한다. 외상으로 빠졌거나 저절로 빠졌거나 상관없다.

약선은 느리게 완성되었다. 성질 급한 놈은 굽다가 돌아가실 것 같았다. 두 약선이 구워지는 동안 사탕 만들 준비를 마쳤다.

첫 번째 약선인 떡은 가루로 내어 죽을 쑤었다. 약선떡죽의 완성. 술과 승마를 넣어 법제의 효과를 더했다. 약효를 얼굴로 보내는 것이다. 여기 쓰는 술에 비방 출주를 사용했다.

두 번째 비방은 사탕으로 만들었다. 가루가 된 웅계분, 자계분에 사향을 넣어 반죽을 만든 후 경옥고를 넣고 감쌌다. 그 위에 상지수의 황금막을 두르고 설탕시럽으로 한 번 더 코팅을 했다. 약선황금경옥고사탕의 완성이었다. 정확히 말하면 경옥고닭똥사탕쯤 되었다.

"오셨어."

문밖에서 종규 목소리가 들려왔다.

"모셔라. 준비해 둔 물 가져다 드리고."

간단히 말하고 마무리에 들어갔다.

—약선떡죽.

—약선황금경옥고사탕.

죽사발과 접시에 나눠 담은 후 장식을 올렸다. 죽 위에 올린 건 왕의 꽃, 모란 형상의 꽃 오림이었다. 사탕 옆에 놓인 건 당근을 깎아 만든 황룡. 작은 입안이라도 여의주는 잊지 않았다. 둘 다 제왕의 상징이 되기에 충분했으니 해석은 주용길이 할 일이었다.

민규가 내실로 들어섰다. 테이블의 물 두 잔은 깔끔히 비워져 있었다. 물은 열탕과 반천하수였다. 열탕으로 경락을 열고 반천하수로 선약을 받아들일 준비를 마치게 한 것이다.

"셰프……."

"쉬잇!"

민규가 주용길의 질문을 막았다.

"비방입니다. 말을 하면 정기를 흐릴 수 있으니 설명만 들으십시오."

"……."

"먼저 선행할 일이 있으니 의원님의 부실한 치아와 잇몸에 길을 열어야 합니다. 입을 좀 벌려주십시오."

민규가 다가서자 주용길이 입을 벌렸다. 침으로 잇몸을 찔러 피를 냈다. 주용길은 비명 한 번 내지 않았다.

"첫 번째는 약선죽입니다. 위장으로 먹는 요리가 아니고 입이 먹는 요리입니다. 입안에서 오래 머금고 있다가 저절로 내려가게 하셔야 합니다."

"……."

"두 번째 역시 마찬가지입니다. 경옥고를 넣은 특별한 사탕이니 작은 알갱이까지 저절로 녹아날 때까지 빨아 먹으십시오."

"……."

"다 드시면 이 물로 입가심을 하시고 저를 부르시면 됩니다."

마지막으로 반천하수 한 잔을 내려놓았다. 주용길의 시선은 요리에 있었다. 죽 한 사발과 설탕시럽이 발라진 황금색 사탕. 그러나 결코 헐렁하지 않았으니 거기 서린 서광과 장식들 때문이었다. 특히나 용이 마음에 들었다. 작은 입안에 여의주까지 물었지 않은가?

탁!

내실 문이 닫혔다.

밖으로 나온 민규는 비로소 늑골에 맺힌 긴장을 밀어냈다. 저만치서 주용길의 운전기사가 인사를 해왔다. 그것조차 보지 못했다. 그만큼 심혈을 기울인 일이었다.

될까?

마음은 주용길의 내실로 향했지만 눈길은 주지 않았다.

내실의 주용길은 젓가락부터 잡았다. 죽 위의 모란 장식 때문이었다. 그것부터 씹었다. 민규의 장식은 먹어도 된다는 걸 그는 알고 있었다. 첫 죽이 입으로 들어갔다. 한 숟가락 가득이었다. 냄새는 덤덤했지만…….

"……!"

입에 머금으니 조용한 자극 같은 게 느껴졌다. 흡사 죽이 발길질을 하는 기분이었다. 잇몸을 건드리는 느낌이었다. 몇 수저 되지 않는 죽을 먹는 데 한 시간은 족히 걸려 버렸다.

경옥고 사탕도 만만치 않았다. 굳은 설탕시럽은 유리알 같았다. 그 안의 막과 경옥고가 녹는 데도 많은 시간이 필요했다. 어느새 두 시간이었다.

차 앞의 운전기사도 시계를 보고 있었다. 지루했다. 산해진미를 먹는다 해도 충분할 시간이었다.

"셰프님."

민규에게 다가섰다.

"다 드시면 말씀이 나올 겁니다."

민규가 선을 그었다. 기사는 별수 없이 물러났다.

세 시간이 지났다.

"형……."

이제는 종규까지 궁금한 표정이었다. 하긴 민규가 생각해도 시간이 길었다. 두 시간 정도 예상하던 차였다. 내실로 걸었다. 민규 말을 잘못 이해해 조금씩 넣고 되새김질을 할 수도 있었다.

"의원님."

인기척과 함께 문을 열었다. 그리고, 민규의 생체반응은 그대로 멈춰 버렸다.

'젠장!'

민규가 하얗게 질려 버렸다. 주용길은 테이블 위에 고요히 쓰러져 있었다.

삐뽀삐뽀!

119 구급대의 사이렌 소리가 밤하늘을 덮었다.

*   *   *

"셰프님."

이른 새벽, 김순애가 병원에 도착했다. 새벽에 일어나 핸드폰을 보던 김순애, 거기서 주용길의 사고를 알았다. 하필이면 그 장소가 초빛이었다.

'뭔가 잘못되었다.'

불안한 마음에 새벽길을 달려온 그녀였다. 그러나 보좌관들에게 막혔다. 민규 역시 그들에게 막혀 외곽 복도에 있었다. 병원에는 긴장감이 감돌았다. 당의 중진들과 의원들만 20여 명이 몰려와 웅성거리고 있었다. 유력한 대선후보의 한 명. 기자들도 취재 전쟁을 벌였다.

"어떻게 된 거예요?"

김순애가 민규를 계단참으로 끌었다.

"그게……."

"치아 약선이 잘못된 건가요?"

"……."

대답하지 못했다. 치아 비방 약선요리를 먹다 쓰러졌다. 그러나 확인할 여유가 없었다. 득달같이 들어선 운전기사가 민규를 내친 것이다. 그가 모시는 의원이었다. 잘하면 대권을 잡을 사람이었다. 안위를 챙기는 건 당연했다.

119 구급대는 벼락처럼 도착했다. 보좌관들도 그랬다. 그런 까닭에 원인을 파악할 기회가 없었다.

"어떤 요리를 드신 겁니까?"

보좌관들이 도끼눈을 뜨며 다그쳤다. 대답할 수 없었다. 새끼 쥐를 먹었다고, 암수 닭똥을 먹었다고 어떻게 말할 것인가?

"어떤 요리를 먹었냐고 묻잖아?"

주용길의 오른팔 격인 태형철 보좌관. 초조한 마음에 민규 어깨를 잡고 목소리를 높였다.

"죽입니다. 그리고 경옥고가 들어간 약선 사탕……."

"그게 다야?"

"예."

민규가 답했다. 고개는 떨구지 않았다. 이때까지도 민규의 확신은 남아 있었다.

"셰프님도 몰라요?"

민규의 생각 속에 김순애의 목소리가 들어왔다. 어지러웠다.

"그게… 요리를 드시다 쓰러졌는데… 저를 배제하는 바람에 확인할 기회가 없었습니다."

"맙소사."

"죄송합니다."

"알았어요. 내가 한번 알아볼게요."

김순애가 복도로 나갔다.

'어쩐다?'

하얗게 변했던 머리에 조금씩 정신 줄이 돌아왔다. 위로 이어지는 계단을 보며 과정을 복기했다. 치아가 나는 약선요리… 원방에 더해진 건 경옥고뿐이었다.

너무 과했나?

생각해 봤지만 그건 아니었다. 주용길의 체질창이 그랬다.

치아에 서린 혼탁이 그랬다. 빠른 효과를 위해 반천하수에 급류수를 더했지만 이 정도의 부작용이 날 리 없었다.

'주 의원님…….'

일단 상태 파악이 필요했다. 별수 없이 길두홍에게 전화를 걸었다.

"박사님, 저 이민규입니다. 이른 아침에 죄송하지만……."

청탁(?)을 넣었다. 길 박사는 그 청탁을 받아주었다. 덕분에 복도에서 담당 레지던트를 만날 수 있었다. 해당 과장은 중진 의원들에게 설명하느라 시간이 없었다.

"환자 상태가 어떻습니까?"

민규가 물었다.

"아직 정신이 돌아오지 않았습니다."

"제가 좀 볼 수 없겠습니까?"

"안 됩니다."

레지던트가 선을 그었다.

"잠깐이면 됩니다. 잠깐……."

"그러고 보니 그쪽이 환자에게 약선요리를 먹였다는 사람이 군요?"

"예."

"죽하고 경옥고를 먹였다고요?"

"예……."

"경옥고… 하여간 그놈의 한약……."

레지던트가 혀를 찼다.

"하여간 부탁합니다. 그저 잠깐……."

"됐습니다. 나 바빠서 그만 갑니다."

레지던트가 돌아섰다. 민규가 손을 내밀었지만 닿지 않았다. 잠시 후에 김순애가 돌아왔다. 그녀의 표정 또한 굉장히 어두웠다.

"셰프님, 이거 일이 심각해질 모양이에요."

"예?"

"당직자들과 보좌관들이 셰프님을 경찰에 고발을 할 것 같네요."

'고발?'

민규 머리에 현기증이 일었다. 일은 점점 꼬이고 있었다.

"어쩌죠? 태형철 보좌관에게 설명을 했지만 의원님 상황이 워낙 저렇다 보니……."

"제가 의원님을 봐야 합니다. 그것만 좀 도와주세요."

"다른 방법이 있나요?"

"요리에는 문제가 없습니다. 어쩌면 명현반응 같은 건지도 모릅니다."

"명현반응요?"

"그러니까 효과를 보기 직전의 과반응 같은 거죠. 부작용이나 이상 작용과는 다른 겁니다."

"……."

"의원님만 보게 해주시면 경찰이든 검찰이든 제가 조사에 응하겠습니다."

"셰프님."

"부탁드립니다."

민규는 절실했다. 심혈을 기울여 만든 치아 재생 약선. 설령 잘못된 거라도 확인이 필요했다. 혹시라도 필요한 조치가 있다면 해야 했다. 그걸 할 사람도 민규뿐이었다.

"기다려 보세요."

김순애가 다시 돌아섰다. 잠시 후에 돌아온 그녀는 혼자가 아니었으니 주용길의 아내 정희애와 함께였다.

"따라오세요."

그녀의 말은 한마디뿐이었다.

"이봐."

병실 앞에 도착하자 보좌관이 민규를 잡았다.

"그냥 둬요."

정희애가 보좌관을 막았다.

"사모님."

"의원님이 내게 하신 말이 있어요. 문제가 생기면 내가 책임질게요."

정희애는 단호했다. 보좌관은 길을 비킬 수밖에 없었다.

"……!"

병실에 들어선 민규가 소스라쳤다. 주용길의 볼과 턱에 맺힌 불길 때문이었다. 훨훨 타오를 정도로 열이 강했다.

"검사 결과 특별한 이상은 없다고 해요. 다만 혈압이 오르고 얼굴 주위에 열이 몰려 있어 뇌에 이상이 있는지 체크 중이라고 하네요."

정희애가 상태를 알려주었지만 귀에 들어오지 않았다. 민규는 오직 주용길의 턱에 집중하고 있었다. 혼탁도 거기 몰려 있었다. 빠지기 직전의 치아 자리와 빠진 치아의 자리였다.

'아하!'

그제야 민규 표정이 펴졌다. 주용길의 돌발은 명현반응 쪽이었다. 약선은 제대로 먹혔지만 통로가 부족했다. 치아가 올라올 기세는 생겼지만 치고 나올 길이 좁았다. 그 불길에 놀란 오장 덕분에 정신을 잃은 것이었다. 주머니를 만졌다. 다행히 쓰지 않은 침이 남아 있었다.

김순애에게 문자를 보냈다.

[의원님, 사모님과 잠깐 통화를 부탁드립니다.]

문자가 가자 정희애의 전화가 울렸다.

"여보세요."

전화를 받은 그녀가 창문 쪽으로 향했다. 등으로 주용길의 얼굴을 가린 민규, 주용길의 입에 손을 넣어 침을 밀어 넣었다. 잇몸 끝까지 들어갈 정도로 강한 손길이었다. 순간 병실

문이 열렸다. 레지던트와 과장이었다.

"이봐요."

민규를 본 레지던트가 득달처럼 달려왔다.

"지금 뭐 하는 겁니까?"

그가 민규를 밀었다.

"그냥 볼의 열을 좀 살피던 중이었습니다."

"나 참, 당신이 의사입니까? 대체 누구 허락을 받고 들어온 겁니까?"

레지던트가 목소리를 높이자 정희애가 다가왔다.

"제가 잠깐 허락했어요."

"안 됩니다. 이 사람이 한 음식을 먹고 탈이 난 거 아닙니까? 그런 사람을……?"

핏대를 올리던 레지던트 눈이 휘둥그레졌다. 피 때문이었다. 주용길의 입에서 피가 쏟아지고 있었다.

"이거 뭐야? 이 사람이 지금 무슨 짓을 한 거야?"

과장도 목청을 높였다.

"젠장!"

레지던트가 거즈로 주용길의 입술을 막았다. 그 순간, 쿨럭, 주용길의 입에서 큰 기침이 쏟아졌다. 그 바람에 피가 모두에게 튀었다. 그리고… 그 핏물들 사이에서 뭔가가 톡 하고 떨어져 내렸다.

"……!"

발밑을 본 레지던트가 휘청 흔들렸다. 핏물에 물들어 나온 건… 주용길의 치아 같았다. 바닥에 떨어진 건 한두 개도 아니었다. 민규가 그것들을 수습했다.

"이런 미친……."

레지던트의 분노가 치솟을 때, 주용길이 눈을 떴다.

"이이 정신이 돌아왔어요!"

정희애가 소리쳤다.

"당신은 나가. 당장 나가라고."

레지던트가 민규를 밀었다. 그사이에 과장은 주용길의 상태를 체크했다.

"이거 보이십니까?"

주용길 앞에 손을 내밀었다. 주용길의 시선은 거기 없었다. 피가 흥건한 채 혀를 이용해 잇몸을 더듬었다. 양쪽 다 더듬었다. 뭔가가 닿았다. 단단했다. 여기저기 허전한 잇몸들이 다 그랬다. 씨익, 미소가 저절로 돌았다. 그제야 눈앞을 가린 과장 손을 밀어내고 민규를 불렀다.

"이 셰프님."

그 말에 민규를 닦아세우던 레지던트가 돌아보았다.

"이 셰프님……."

주용길의 손이 민규를 가리켰다. 레지던트는 민규를 밀던 손을 놓을 수밖에 없었다.

"이리……."

주용길이 민규를 가까이 불렀다. 민규가 다가오자 나지막이 속삭였다.

"약선이 먹힌 모양입니다. 새 이가 잇몸을 뚫고 나온 거 같아요."

"……."

속삭임을 마친 주용길이 상체를 세웠다.

"아직 움직이면 안 됩니다. 일단 혈압부터 체크 좀 하겠습니다."

과장이 의원을 부축했다. 간호사가 들어와 혈압을 측정했다.

"거의 정상인데요?"

간호사가 말했다.

"다시 재봐요."

과장이 간호사 등을 밀었다.

"미안하지만 나 이제 아무렇지도 않거든요."

주용길이 손을 저었다. 목소리는 그사이에 더 또렷해져 있었다.

"당신은 뭐 하는 거야? 내 은인이신 셰프님 옷이 피에 절었잖아? 얼른 새 옷 구해다 모시지 않고."

정희애를 향하는 주용길의 목소리에는 위엄까지 가득했다.

3. 저승길로 가져간 무지개떡

"죄송하게 되었습니다."

레지던트가 고개를 숙였다.

"죄송합니다."

보좌관 태형철도 그랬다.

"죄송합니다."

운전기사도 사과를 전해왔다.

부득이한 상황이었기에 기꺼이 사과를 받아주었다. 병원에
도착한 경찰들은 그대로 발길을 돌렸다. 유력 대권 후보 주용
길은 멀쩡했다. 그가 직접 나서서 설명을 하니 상황 파악조차
필요가 없었다.

"고맙습니다."

민규도 인사를 전했다. 김순애였다. 그녀의 도움이 컸다.

"내가 고맙죠. 우리 의원님 소원을 이루어주셨다니."

김순애가 웃었다. 그사이에도 주용길은 혀로 잇몸을 더듬었다. 치아는 조금 더 올라온 것 같았다. 확인할 때마다 뿌듯했다.

주용길의 기절은 열 때문이었다. 민규의 약선, 잇몸을 자극하면서 몸의 정기를 한곳으로 모았다. 신장의 기가 올라오고 폐의 기가 올라왔다. 심장도 그랬고 간장도 그랬다. 문제는 활로였다. 주용길의 잇몸에는 쓸모없는 치아들이 붙어 있었다. 덕분에 민규의 침이 충분히 들어가지 못했다. 새 치아의 정기가 헌 치아에 막혔다. 밀어내야 하는데 뚫리지 않으니 열이 폭발한 것. 주용길이 기절할 수밖에 없는 일이었다.

민규가 새 침으로 길을 내자 활로가 열렸다. 그 힘이 분화구가 폭발하듯 헌 이를 밀어냈다. 활로는 그렇게 생겼다. 부작용이라면 피가 좀 많이 난 것뿐이었다.

"걱정을 끼쳐 미안합니다."

"와줘서 고맙네."

주용길도 인사에 바빴다. 중진 의원들과 당 간부들을 빠짐없이 챙겼다.

"이 셰프님."

인사를 마친 그가 민규를 불렀다.

"예, 의원님."

"염치없지만 아침 죽 좀 안 될까요? 나도 그렇고 우리 의원님들도 밤새 제 걱정을 하느라 속이 후덜덜할 텐데……."

"문제없습니다."

민규가 답했다. 가슴 졸이던 것에 비하면 깜도 아닌 일이었다.

"이야, 이거 죽이 아니라 진액이네. 위가 편안합니다."

"이거, 이거 피로가 쫙 가시는데요?"

약선황기죽을 받아 든 위원들이 죽(粥)비어천가를 불러댔다. 주용길은 그들을 챙기면서도 뿌듯했다. 전화위복(轉禍爲福)이었다. 아니, 치아가 나고 지지자들과의 돈독한 시간까지 갖게 되니 전화위복복(轉禍爲福福)이었다.

"셰프님."

식사가 끝나갈 때 주용길이 민규를 불렀다.

"예, 의원님."

"오늘 기분 최고입니다. 지금 식당에서 죽 드시는 분들 비용까지 제가 전부 내겠습니다."

"그러시죠."

민규가 즉석에서 손님들에게 알렸다.

"와아아!"

테이블에서 박수가 쏟아졌다. 주용길이 일어나 겸손히 답례를 했다.

"이 셰프님."

그가 민규 손을 잡고 번쩍 들어 올렸다. 의원들 테이블에서 뜨거운 성원이 쏟아졌다. 이날 주용길이 죽값과 별도로 찔러 주고 간 계산은 1억이었다. 모두 5만 원권 현금이었다.

이틀 후, 주용길이 돌아왔다. 요리가 아니라 치아 소식을 전하려는 방문이었다.

"셰프님."

그가 입을 벌려 보였다. 안쪽 잇몸에서 솟아나는 하얀 바위(?)가 보였다. 이미 확실하게 자리를 잡은 모습이었다.

"이게 몰라보게 빨리 자랍니다. 수삼 일 후면 거의 자리가 잡힐 듯싶습니다."

"축하합니다."

"전에 말한 원로분을 뵈러 가는 중입니다. 치아가 무너져 내릴 때는 좀 켕겼는데 이제는 당당합니다. 겁나는 게 없다니까요."

"그러서야죠."

"아무튼 고맙습니다. 내 이 은혜는 무덤에 들어간 후에도 잊지 않겠습니다."

주용길이 민규 두 팔을 잡았다. 자신감 때문인지 전에 없이 강한 힘이 느껴졌고 주춤하던 그의 지지율은 다시 상승 곡선을 그리기 시작했다.

　　　＊　　　　＊　　　　＊

요리.

오후 예약을 끝낸 민규, 국화차 한 잔을 타 들고 잠시 생각
에 잠겼다. 요리는 참 신비한 이름이었다. 돌아보면 요리로 통
하지 않을 사람이 없었다.

가난한 사람도 부자인 사람도 먹어야 했다. 악한 인간도 선
한 인간도 같은 선상에 있었다. 인간은 먹지 않으면 살 수가
없다.

먹거리는 단순한 '에너지 충전'이 아니었다. 고장을 고치는
기본이기도 했다. 건강한 식생을 하는 사람은 병에 걸리지 않
는다. 배부르고 맛있는 요리보다 약선요리가 빛나는 이유이기
도 했다. 어떻게 보면 그 방법은 골고루 먹기에 있었다. 현대
인들은 먹는 게 거의 정해져 있었다.

삼시 세끼 집밥.

한국인의 건강을 책임지던 공식이었다. 살 만한 집안이면
기본 국에 10여 가지 접시를 채우고 먹었다. 김치 두어 가지,
나물 두어 가지, 장아찌나 콩자반 등의 밑반찬 두어 가지. 여
기에 계절 반찬 한두 개와 생선 한 토막을 구워놓으면 10여
찬은 어렵지 않았다.

그 공식이 사라졌다. 집집마다 한두 가지 잘하던 음식이 있었지만 그조차 사라졌다. 그 자리를 메운 건 배달 음식이었다. 도시락이 있고 즉석밥이 있지만 갓 지어낸 밥이나 갓 만든 반찬과 비교될 수 없었다. 게다가 종종 시켜 먹는 특식들은 치킨에 족발, 보쌈, 중국요리 등이 주류……

삼시 세끼 집밥을 먹으며 어쩌다 시켜 먹을 때는 힘이 될 수도 있지만 그것들이 주류가 되니 문제가 생기게 되었다. 성인병에 비만, 그리고 각종 신생 악성 질병들…….

생각이 깊어질 때 차가 들어오는 게 보였다.

'깜빡한 예약이 있었나?'

식재료를 고르는 종규를 돌아보았다. 종규가 어깨를 으쓱해 보였다. 그런 건 없다는 뜻이었다.

"셰프."

차에서 내린 사람은 노익장이었다.

"셰프님."

그의 아들 박 사장도 보였다.

"어, 어르신."

민규가 일어섰다.

"아이고, 덕분에 내가 소원을 이뤘어. 고마워, 고마워."

노익장이 거푸 인사를 했다. 돌발 상황으로 방북 길이 막혔던 노익장. 북한에서 돌아온 모양이었다.

"동생분들은 잘 만나셨어요?"

"잘 만났지. 한참 울었어."

"반가운 사람들인데 왜 우셨어요?"

"그러게. 만나면 업어주려고 했는데 늙은 몸을 보니 눈물부터 나더라고."

"예⋯⋯."

"꽃신을 꺼내 주면서도 눈물, 영양제를 주면서도 눈물⋯ 거참, 나도 미쳤지."

"얘기는 많이 나누시고요?"

"그랬지. 셰프가 없는 게 한이었어."

"저요?"

"걔들이 아픈 데가 많더라고. 셰프가 있어서 약선요리 한접시 해주면 다 나을 텐데⋯ 통일이 되면 내가 여기 데려온다고 약속만 하고 왔어."

"꼭 모셔 오세요. 1착으로 예약을 받아드릴게요."

"고마워. 하지만 그때까지 살 수 있을까 몰라."

노익장 미소에 쓸쓸함이 겹쳤다.

"왜 못 살아요? 꼭 사실 수 있을 거예요."

"욕심이지. 난 이번 방북으로 만족이야. 이제 어머니 아버지 만나도 면목이 설 거 같아."

"어르신⋯⋯."

"애들 형편이 좋지 않은 거 같아서 돈이라도 좀 주고 싶었는데 그걸 못 해서 아쉬워. 가져간 1,000불은 몰래 넣어주고 왔지만……."

"잘하셨네요."

"갸들이 그 돈 받더니 어떻게 한 줄 알아?"

"어쨌는데요?"

"들키면 안 된다고 속고쟁이에 찌르더라고. 아직도 속고쟁이가 있어. 그거 우리 어머니가 달고 다니던 건데……."

"예……."

"그래서 고맙다고 인사하려고 들렀어."

"그것 때문에 일부러 오시지 않아도 되는데요. 약선차라도 한잔 올릴까요?"

"약선차?"

"아니면… 다른 요리도 됩니다."

"그럼 혹시 떡도 되나?"

"아버지."

들고 있던 박 사장이 주의를 환기시켰다. 민규에게 폐가 될까 봐 꺼리는 눈치였다.

"괜찮습니다."

민규가 답하자…….

"그럼 떡 좀 부탁해. 갸들이 알고 보니 떡을 좋아한다잖아?"

"……?"

"그냥 여기 놓고 같이 먹으려고. 안 될까?"

"안 되긴요. 잠깐만 기다리세요."

대답을 하고 주방으로 돌아왔다. 애틋한 마음을 아는 바에야 못 할 것도 없었다.

뭘 할까?

어떤 떡을 해야 노익장이 행복해할까? 옛날 생활을 생각했다. 그때 사람들이 좋아하던 건 뭘까? 백설기? 쑥떡? 아니면 수수팥떡?

'아!'

생각을 하다가 결론을 만났다. 그 떡의 색을 다 품고 있는 색동떡. 그거라면 어르신들이 좋아할 아이템이었다.

"재희야, 쑥가루하고 치자가루, 딸기가루에 녹차가루 좀 가져와. 미강가루도 함께."

지시를 내리고 멥쌀가루를 반죽했다. 어렵지도 않았다. 멥쌀가루에 여러 가루 색 물을 들이고 켜켜이 얹어 쪄내면 끝이다. 모양이 고와 색편이나 무지개떡이라고도 불린다. 노익장과 여동생들의 건강을 기원하는 마음에서 맨 위층에는 복령과 대추 살을 뿌려 찜통에 넣었다. 맨 아래층은 치자물, 두 번째는 멥쌀 그대로, 세 번째 층에는 쑥가루, 네 번째는 딸기가루, 다섯 번째 미강가루를 넣고 여섯 번째 층에 다시 멥쌀, 마지막에 녹차가루 물을 들인 층을 올리니 무지개편의 완성이었다.

"어이쿠야!"

모락 김이 솟는 떡을 본 노익장이 소스라쳤다. 자태가 새색시 한복의 색동저고리처럼 고왔던 것. 정화수에 열탕, 요수를 써서 쪄낸 떡이니 푸근하기도 이를 데 없었다.

"한 조각 잘라 드릴까요?"

떡을 내려놓은 민규가 물었다.

"아, 아니야. 그냥 두시게나."

노익장이 민규를 말렸다. 노익장이 품에서 뭔가를 꺼냈다. 이번에 찍은 여동생들 사진이었다. 그걸 정성껏 떡 앞에 놓았다. 사진은 중심을 잡지 못해 자꾸 쓰러졌다. 아들이 도우려 했지만 노익장이 막았다. 몇 번 만에야 사진을 세운 노익장이 미소를 머금었다. 동생들을 위해 뭔가를 해냈다는 미소였다.

노익장의 시선이 황정국화차로 향했다. 자신과 아들 것 두 잔이다. 눈치를 차린 민규가 두 잔을 더해 주었다. 여동생들 몫이었다.

"고맙네."

차까지 떡 앞에 줄을 세운 노익장이 웃었다. 그는 마치 여동생들이 앞에 앉아 있는 듯 잔을 들어 차를 권했다.

"어, 좋다."

노익장의 표정이 환하게 펴졌다. 황정과 국화꽃을 잘 먹으면 죽지 않는 영생 진인이 된다. 노익장의 안녕을 비는 약선차였다.

차를 마신 노익장이 연못을 바라보았다. 거기서 꼬리 비행을 하는 잠자리와 눈이 맞았다. 그 궤적을 좇아가다 맥없이 헐렁해진다.

'이 어르신⋯⋯.'

민규 가슴이 철렁 내려앉았다. 노익장에게서 생기가 사라진 것.

이분⋯⋯.

생을 정리하러 왔구나.

민규는 알았다. 노익장에게서 감지된 변화였다. 필생으로 꿈꾸던 숙원을 이룬 사람. 이제 더 이상 생의 미련이 없는 것이다.

"이것 받으시게나."

노익장이 봉투를 내밀었다.

"어르신⋯⋯."

"전에 말했지? 사람은 똥간 갈 때와 나올 때가 다르다고."

"⋯⋯."

"내가 빚지고 사는 거 싫어하거든. 그래서 사업할 때도 부채는 단 한 푼도 없었어."

"⋯⋯."

"찻값하고 떡값이야. 떡이 너무 아름답고 차향이 좋아서 이걸로 될는지 모르지만⋯⋯."

노익장의 목소리는 바람 같았다. 그냥 받아두었다. 노익장은 그길로 일어섰다. 눈빛이 반짝 빛났다. 두 여동생에게 향하던 눈빛과 같았다. 갈 곳을 아는 깊은 눈빛이었다.

민규의 짐작대로 노익장은 이틀 후에 목숨을 마감했다. 박 사장은 부고를 알려오지 않았지만 뉴스를 통해 알았다.

[이산가족 방북 후의 번뇌와 상실감으로 사망하는 노인들이 늘어……]

잠시 짬을 내어 문상을 간 민규, 노익장이 주었던 봉투를 그대로 가져갔다. 부의함에 살며시 넣을 생각이었지만 그러지 못했다. 부의함은 막혀 있었다.

[부친의 뜻에 따라 부의는 사양합니다. 마음만 접수하겠습니다.]

봉투는 다시 거두는 수밖에 없었다.

"……!"

분향을 할 때는 숨이 덜컥 막혀왔다. 영정 앞에 차려진 음식들… 거기 민규의 무지개편이 놓여 있었다.

"그것도 아버님 유언이라서……."

설명하는 박 사장의 목소리가 메어 있었다.

향에 불을 당겼다. 머리를 풀고 올라가는 향을 따라 노익장의 목소리가 메아리쳤다.

이 사람…….
늙은이 가는 길에 뭣 하러 배웅을 오나?
그리고 받은 선물을 반납하려는 사람이 어디 있나?
그냥 넣어두시게.
고맙네.
덕분에 소원을 이뤘어.
떡은 가는 길에 잘 먹겠네.
남으면 나중에 동생들 왔을 때 나눠도 먹고.
거긴 영생을 사는 곳이니 떡도 쉬지 않겠지?
고맙네.
고마워.

노익장의 목소리가 오래오래 귀에 남았다. 영국 왕세자의
방문이 있기 이틀 전이었다.

4. 왕세자는 워터홀릭

"어때?"

차만술이 물었다. 야외 테이블이었다. 영업이 종료된 후에 그가 내려왔다. 민규가 부탁한 게 있었다.

"카아, 좋네요."

민규가 탄성을 쏟아냈다. 차만술이 가져온 약선주를 맛보던 참이었다. 그가 가져온 건 네 가지였다.

—감국주.

—진양주.

—하수오주.

—송이주.

하나마다 맛이 기가 막혔다. 감국주는 국화꽃대와 꽃잎을 넣어 한 달을 발효시킨 것. 은은한 감국향이 신선의 술처럼 달았다. 진양주는 궁중술이다. 찹쌀로만 빚었음에도 그 때깔이 감국주보다 선명한 노랑으로 시선을 사로잡았다. 다음은 하수오. 하수오를 먹으면 노인도 젊어진다고 했던가? 경옥고에 버금가는 유명세를 가졌으니 이 또한 황제의 빛과 같은 금빛이었다. 냉장 발효로 후숙성까지 끝난 거라 달빛을 마시는 기분이었다. 상지수 한 방울을 더했더니 이제는 아주 신선의 술이 되었다.

"사장님."

감상을 끝낸 민규가 차만술을 바라보았다.

"왜? 다 마음에 안 들어? 다른 거 가져와 볼까?"

"아닙니다. 전부 마음에 듭니다."

"정말?"

"저 제대로 보입니까? 아무래도 신선이 된 거 같은데?"

"사람, 농담은……."

"진담입니다. 혀에 착 붙으면서 사납지도 않고, 마실 때는 진액을 먹는 것 같은데 먹고 나면 활력이 도니 서양 와인에 못지않네요."

"쓸 거야?"

"다 명품이라 고르기 아쉽지만 이 두 놈으로 하겠습니다."

민규가 고른 건 하수오와 감국주였다. 리딩한 왕세자의 체질과 잘 어울리는 술이었다.

"으음, 역시 이 셰프로군. 그것들이 후숙성까지 제대로 된 거거든. 다른 것도 좋기는 하지만 수삼 일 모자라거나 다른 사람들이 이미 개시를 한 거라서……."

"두 병씩만 갖춰주시겠습니까?"

"두 병씩? 열 병이라도 문제없네. 내가 언제 이 셰프 신세를 갚겠나?"

"신세라뇨? 그런 말씀 마세요. 지금 사장님이 저를 구하고 있는 겁니다. 시간이 촉박해 좋은 술을 준비하지 못했거든요."

"그럼 아예 와인을 쓰면 되지? 그 사람들이야 와인에 익숙하고……."

"영국에서 여기까지 날아와서 또 와인입니까? 우리나라에도 이렇게 좋은 술이 많은데 못 할 짓입니다."

"역시 이 셰프는 마인드가 다르다니까."

"대신 조건이 하나 있습니다."

"조건? 말씀만 하시게."

"도자기 술병에 넣으시고 사장님 가게 이름이라도 붙여 오십시오. 안 그러면 제가 만든 것으로 오해할 수도 있으니까요."

"이 셰프……."

차만술의 눈이 휘둥그레졌다. 술은 민규의 요리에 곁다리로

들어가는 것. 가족 오찬이니 와인처럼 한두 잔으로 끝날 일이
었다. 그러니 그냥 무시하고 내도 될 일. 그럼에도 배려를 하
니 고맙기 그지없었다.

"그냥 하시게. 내가 무슨 술의 명인도 아니고……"

"안 됩니다. 이름 붙일 자신도 없는 술을 내란 말입니까?"

"이 셰프……"

"하실 겁니까? 마실 겁니까?"

민규 눈에 힘이 들어갔다.

"정 그렇다면야… 하지."

민규 성향을 아는 차만술이다. 받아들이는 수밖에 없었다.

"잘 생각하셨습니다. 이런 명작에 이름 못 붙이면 어떤 술
에 이름을 붙입니까?"

그제야 민규 눈빛이 부드럽게 풀렸다.

"고맙네."

"고마운 건 접니다. 그럼 배달 부탁합니다. 아, 내려오는 길
에 맛이 변할 수도 있으니 온도 잘 유지하시고요."

민규가 당부를 덧붙였다. 맛보기로 낼 한국 전통주는 이렇
게 확보가 되었다.

*   *   *

"형, 이거 어때?"

영국 왕세자가 오기 전 종규가 핑크빛 깃발을 들고 들어왔다. 재희도 그랬다.

"뭐야?"

"북인도의 핑크빛 도시, 자이푸르의 상징."

"북인도?"

"전에 영국 왕세자가 방문했을 때 환영의 색으로 온 도시를 핑크빛으로 장식했대. 우리도 그렇게 하면 왕세자가 좋아할 것 같아서."

"……."

"이거 건다?"

"No."

민규가 말꼬리를 잘라냈다.

"왜? 아침에 다녀간 기자들 얘기 들으니까 외신기자들도 굉장히 많이 올 거래. 그럼 보기도 좋고 우리 초빛도 폼 나고."

"지금은 폼 안 나냐?"

"아니, 그런 건 아니지만……."

"왕세자는 특별한 손님이지. 하지만 그래도 그냥 손님이야."

"형."

"얼마 전에 다녀간 치노가 떠나기 전에 그러더라. 자기의 인기 비법 하나를 자백한다고. 그 비법은 바로 모든 손님을 공평하게 대하는 것."

"……."

"손님 이상의 손님도 없고 손님 이하의 손님도 없다는 거야. 영국 왕세자도 그렇게 대하자."

"형……."

"할 말 끝났다. 아직 왕세자는 오지 않았고 그분이 오기 전에 우리는 다른 손님 네 테이블을 치러야 해. 잊은 건 아니지?"

"……."

"표정 봐라? 내 말 이해 못 해?"

"이해합니다, 셰프님."

재희가 종규 대신 말했다. 그런 다음 종규의 뒷덜미를 끌고 식재료 창고로 향했다. 민규가 가만히 웃었다. 핑크 도시. 상상만 해도 멋지다. 하지만 민규는 초빛을 핑크빛으로 바꿀 생각이 없었다. 초빛은 언제까지나 '약선 빛'일 뿐이었다.

기자들 차량이 늘기 시작했다. 영국이나 유럽만큼은 아니지만 구경 인파도 등장했다. 심지어는 경찰들까지도 만약의 사태에 대비해 출동을 했다.

민규는 묵묵히 테이블을 챙겼다. 이들도 민규에게는 왕세자 급이었다. 후식을 올리고 약선차를 내주고, 그 차의 효능을 설명하면서 최선을 다했다.

마지막 접시까지 끝난 후에야 왕세자의 식재료를 한 번 더 점검했다. 재료 상태는 좋았다. 차만술이 보내준 술도 냉장고에서 부름을 기다리고 있었다. 'Ready'는 완벽했다.

"온대."

마당의 종규가 소리쳤다. 민규가 거울 앞에 섰다. 다른 손님과 다른 점은 그저 거울 앞에서, 두건과 옷깃을 바로잡은 것뿐이었다.

끼익!

두 대의 차량이 마당에 멈췄다. 문은 뒤의 차에서 먼저 열렸다. 거기서 나온 건 하얀 드레스에 흰 모자를 갖춰 쓴 현주, 엘라였다. 왕세자와 왕세자빈도 내렸다. 부부는 캐주얼 차림이었다.

"초빛에 오신 걸 환영합니다."

민규가 나가 왕세자 부부를 맞았다.

"잘 부탁합니다."

현주 엘라가 먼저 인사로 답했다. 왕족의 기품이 물씬 풍겨났다. 하지만 왕족도 한눈을 판다. 노랑나비에게는 더욱 그렇다. 인사하는 동안 그녀의 흰 모자에 노랑나비가 내려앉은 것이다. 누구 짓이겠는가? 종규가 날린 환영 인사였다.

"와아!"

엘라가 고개를 들자 나비 떼가 보였다. 노랑나비만 수십 마리였다. 핑크 컬러 대신 골드 컬러인 걸까? 그것만은 민규도 막을 수 없었다.

"오는 내내 기대했습니다. 잘 부탁합니다."

베론 왕세자의 입이 열렸다. 겸손하고 부드러운 영어가 듣기에 좋았다.

"모시겠습니다."

재희가 앞장을 섰다. 민규가 한 번 더 권하자 왕세자가 발길을 떼었다.

"엘라!"

왕세자빈이 현주를 불렀다. 나비에 넋이 나간 엘라는 어쩔 줄을 몰랐다. 하지만 걱정할 것 없었다. 노랑나비는 왕세자를 따라 야외 테이블로 날아갔다. 종규의 짓이다. 엘라도 자연 그 뒤를 따랐다.

팔랑팔랑!

나비의 날갯짓에 맞춘 걸음이었다.

"평화롭군요. 낮은 담장과 고풍스러운 장식들. 크지도 작지도 않은 연못에 저만치 푸근하게 흐르는 강물……."

착석한 왕세자가 주변을 돌아보았다.

"저것들은 무엇입니까? 고대의 유물처럼도 보이는군요?"

왕세자의 시선이 돌절구에 머물렀다.

"돌절구입니다. 한국 민간의 분쇄기로 곡류를 빻거나 찧는데 사용하지요."

"셰프의 요리에도 쓰입니까?"

"저것은 장식용이고 개량된 것들이 쓰입니다."

"멋지군요."

왕세자의 시선은 온화했다.

체질 유형—木형.
담간장—허약.
심소장—허약.
비위장—허약.
폐대장—우수.
신방광—우수.
포삼초—양호.
미각 등급—B.
섭취 취향—平食.
소화 능력—B.

동영상으로 파악했던 체질을 다시 확인했다. 특별한 물을
선호한다는 왕세자. 그렇다면 위나 대장, 혹은 비장에 문제가
있을 수 있었다. 그 셋은 음식물이나 맛과 연관된 장부들이었
다. 동영상 속의 왕세자는 위장과 비장, 심장에 혼탁 흔적이
있었다. 언젠가 대미지를 받았다는 이야기였다. 그러나 마음
에 걸리는 건 위장. 심장과 비장의 흔적은 건강에 애로가 될
정도는 아니었다.

힘줄을 보았다. 혼탁의 기세는 변하지 않았다. 위태롭지는
않지만 성가실 건 분명했다. 위의 건강은 힘줄의 인대가 반영

한다. 힘줄이 단단하면 위장도 튼튼하다. 단단하지 못하면 위장이 늘어났다는 반증이었다. 그렇게 되면 과식을 해도 배가 부르지 않다. 요리 코드가 맞으면 과식도 불사한다는 말은 그런 선상에 있었다.

왕세자의 위장 문제는 간 때문이었다.

힘줄과 근육, 인대 등은 간의 소관이다. 간의 기가 단단하게 뭉침으로써 문제가 되고 있었다. 그로 인해 심장의 기가 평탄치 못해 목생토(木生火)가 되지 않으니 화생토(火生土)도 영향을 받아 비장도 좋은 편은 아니었다.

나머지는 눈의 충혈이었다. 비행기에서 곤한 잠을 못 잔 모양이었다. 그거야 초자연수 한 잔으로 날려 버릴 수 있었다.

─들깨부각, 포도죽, 유자양갱, 호박부추선. 율란, 육포다식, 두부과자.

목형에 이로운 요리들은 이미 줄을 세웠다. 간의 활력을 돕는 신장을 위한 우회 지원용 식재료도 마찬가지였다.

─서목태두부과자, 홍해삼말이, 마, 다시마부각.

"레이첼이 어찌나 자랑을 하는지요. 그 몸매를 셰프께서 찾아주셨다고요?"

왕세자빈도 기대에 차 보였다.

土형.

그녀의 건강은 큰 문제가 없었다. 그러나 완벽하지는 않았으니 다리 쪽의 혼탁이 거슬렸다. 쥐가 자주 나는 편이었다.

"엄마, 나비."

엘라가 손을 내밀었다. 그 팔뚝에 노랑나비가 앉았다. 엘라
는 노랑나비에게 완전히 빠져 있었다.

金형.

엘라의 문제는 기관지였다. 이따금 마른기침까지 나오니 감
기에서 나은 지 얼마 되지 않아 또 감기 기운이 감도는 것이
다. 폐가 양호하지 않았다. 덕분에 뽀얀 얼굴에 주근깨가 촘
촘히 박혔다.

"식사는 어떻게 모실까요?"

리딩을 마친 민규가 왕세자에게 물었다. 민규에게 일임한다
는 오더였지만 혹시라도 특별한 신청이 있을 수 있었다.

"전달한 대로, 셰프께 맡깁니다."

왕세자가 웃었다. 신분과 어울리지 않게 소탈해 보였다.

"그럼 제가 알아서 진행하겠습니다. 도중에라도 원하시는
게 있으면 말씀하시기 바랍니다."

인사를 하고 물러났다.

"부셰프."

주방으로 오며 재희와 민규를 불렀다.

"예, 셰프!"

"요리 개시."

"요리 개시!"

복창을 한 재희와 종규가 각자의 위치에서 재료 다듬기에

돌입했다.

민규는 초자연수부터 준비했다.

─요수, 생숙탕, 납설수.

왕세자의 물이었다. 요수로 중초의 기운을 보하고 식욕을 돋운 다음, 생숙탕으로 음양의 조화를 이루어 육체의 안정, 납설수로 살짝 충혈된 눈을 풀어주고 잔열을 다스리려는 구성이었다.

─요수, 국화수, 옥정수.

왕세자빈에게는 근육 저림에 좋은 국화수를 넣고 몸이 윤택해지는 옥정수를 끼웠다. 피부에 좋은 추로수는 식사 후로 미루어두었다.

─요수, 벽해수, 방제수.

마지막으로 현주의 물은 주근깨의 고민을 돕는 벽해수와 눈이 맑아지는 방제수로 결정을 보았다.

"와우!"

초자연수 3종 세트가 나오자 현주가 자지러졌다. 나비에 이어 유리잔의 포스에 홀린 것이다.

"저희 초빛의 자랑인 초자연수 전채입니다."

소개와 함께 정중히 내려놓았다.

"어쩜!"

왕세자빈도 소녀처럼 좋아했다.

"이 물이 예술이라고 들었습니다."

왕세자가 요수 잔을 집어 들었다.

"세 분의 물은 모두 구성이 다릅니다. 지금 들고 계신 물은 소화기관을 튼튼하게 하여 식욕을 돋우고 신체 중심부에 활력을 주는 물입니다."

"오!"

"두 번째 물 역시 인체의 조화를 이루고 소화를 돕습니다. 세 번째는 잔열을 다스리고 눈의 충혈을 씻어내니 밤새 날아오시느라 눈에 맺힌 왕세자님의 피로를 풀어드릴 것입니다."

"충혈을 풀어준다? 기대되는군요."

"드셔보시죠. 차례대로 드시면 좋지만 바꿔 드셔도 상관없습니다."

"차례대로 마시겠소. 셰프께서 다 생각이 있어 차례를 정하셨을 테니."

왕세자는 요수부터 마셨다. 왕세자빈도 그랬고 현주도 그랬다. 그들의 테이블 매너는 최상급이었다.

"으음… 첫 물맛은 담박하군요. 두 번째는 살짝 짠맛이 돌고… 세 번째는 단맛에 속이 시원해지는 통쾌한 맛……."

"……?"

그 말에 민규가 움찔 흔들렸다. 물맛의 특징을 기막히게 짚어냈으니 그건 아무나 할 수 있는 일이 아니었다.

"응?"

약수 평을 하던 왕세자가 눈자위를 문질렀다.

"눈에 뭐가 들어갔어요?"

앞에 앉은 현주가 물었다.

"아니, 눈이 진짜 시원해지는 거 같아서……."

"세상에나, 잠깐만요."

왕세자빈이 손을 내밀었다.

"맙소사, 충혈이 풀렸어요. 눈동자가 깨끗하잖아요?"

"정말이오?"

"보세요."

왕세자빈이 손거울을 내밀었다.

"……!"

거울을 본 왕세자가 소스라쳤다. 거울 안의 눈동자는 깨끗했다. 멋대로 가지를 쳤던 실핏줄이 사라진 것이다.

"셰프……."

왕세자가 고개를 들었다. 민규는 가볍게 목을 숙여 인사를 대신했다.

"이거… 레이첼의 말을 듣기는 했지만 이렇게 전격적이라니… 물맛의 느낌은 노르데나우나 루드르 샘물에 미치지 못했었는데?"

"그 물을 드셔보셨습니까?"

"그럼요. 내가 원래 위장이 좋지 않았는데 노르데나우의 샘물을 먹고 좋아졌다오. 덕분에 약수에 매료되어 프랑스의 루드르와 멕시코의 트라코테, 인도의 나다나의 생수까지 다 섭

렵을 했지요."

"어떤 물이 가장 좋았습니까?"

"그 샘물들은 인류의 축복이라오. 넷 다 기적의 샘물로 불리지만 나에게는 독일 토메스 동굴에서 나오는 노르데나우 샘물이 최고였소. 지상에 그만한 물은 다시없을 것이오."

다시없다?

그 말이 민규의 오기에 불을 질렀다.

노드레나우와 루드르.

기적의 샘물로 불린다. 하지만 민규의 반천하수와 마비탕은 공인 기관의 분석에서도 더 좋은 점수를 받았었다.

"그렇다면 이 물을 한번 맛보시지요."

물이라면 꿇릴 게 없는 민규. 왕세자 앞에 새로운 초자연수를 소환해 놓았다. 신비의 물 반천하수, 즉 하늘의 물로 불리는 상지수였다.

베론 왕세자, 컵을 두 손으로 감싸 쥔 채 바라보았다. 마치 물의 속살이라도 꿰뚫는 듯한 눈매. 그런 다음에야 가만히 입을 적셨다. 한 번, 두 번… 시원하게 들이켠 건 그다음이었다.

"아하!"

목 넘김 후 한참 지나서야 반응이 나왔다. 하지만 그것뿐이다. 다시 움직임이 멈췄다.

"이거……"

입안의 작은 수분까지 다 되새긴 후에야 소감이 나왔다.

"순결하고 순결한 느낌에 부드러운 움직임, 목을 넘어가는 게 아니라 저절로 흡수되며 활력을 주니 천상의 물이로군요? 한 잔 더 마실 수 있습니까?"

"……."

민규가 다시 움찔했다. 기막힌 분석이었다.

"그리하지요."

다시 새 잔이 채워졌다. 왕세자는 보석을 마시듯 소중하게 물을 음미했다.

"아아, 이 물에서 노르데나우의 맛이 느껴집니다. 인간에게 허용되는 가장 완벽한 물… 하지만 오히려 그 물보다도 한 레벨 위의 품격……."

왕세자는 환상 속에 있었다. 반천하수의 물맛에 반해 버린 것이다. 놀란 건 오히려 민규였다. 일말의 과장도 없는 몸짓에 완벽하게 묘사하고 있는 반천하수의 맛. 다른 건 몰라도 물에 대해서는 S급 미식가를 뛰어넘는 왕세자였다. 어째서 이 사람은 물에 대한 친화력이 이토록 강한 것일까?

"셰프."

왕세자의 표정이 한층 더 밝아졌다.

"말씀하십시오."

"이 물이 셰프가 '요리'한 물이 맞습니까? 솔직히 믿기가 어렵군요. 어쩌면 노르데나우와 루드르, 트라코테에 나다나 샘물을 다 합친 것 같다는 생각도 들고……."

"물은 제가 요리한 게 맞습니다. 한국어로는 '상지수'입니다. 하늘의 물이라는 뜻이지요."

"그렇다면 내가 이 물을 측정해 봐도 되겠습니까? 휴대용 분석기를 가지고 있거든요."

"……!"

"곤란합니까?"

"아, 아닙니다. 분석기까지 가지고 다니신다니 신기해서요."

"내가 물 마니아거든요. 노르데나우의 기적을 체험한 후로 좋은 물을 찾아다니는 게 취미지요. 그러다 보니 즉석 검사가 필요해서 왕립연구소의 공학자에게 부탁하여 휴대용을 만들었습니다."

왕세자가 분석기를 꺼내놓았다. 핸드폰 크기의 분석기였다. 왕세자가 물을 한 방울 떨구었다. 잠시 후, 스크린에 분석 결과가 표시되었다.

"……!"

왕세자의 동공에 충격이 스쳐 갔다. 그가 기준으로 삼는 세계 4대 샘물보다 더 좋은 결과가 나온 것이다. PH는 8.3이었고 클러스트는 66였다. 활성수소 역시 압도적이었다.

PH는 수소이온농도. 노르데나우가 8.1이고 루드르는 7.9였다. 물 분자의 크기를 나타내는 클러스트도 그랬다. 물은 분자가 작을수록 흡수율이 높다. 세계 장수촌들의 물 클러스트는 90 수준이고 수돗물은 보통 120에 이른다. 민규의 상지수는 66이 나왔다.

"미러클, 내가 새로운 기적을 만나고 있군요."

왕세자가 반색을 했다.

"고맙습니다."

"다른 물은 없습니까?"

"왜 없겠습니까? 왕세자빈님과 현주님에게 드린 물도 모두 달랐고 그것 외에도 많은 물이 있습니다. 더러는 악수(惡水)라 마실 수 없는 물도 있지만요."

"그 물들도 효능이 있습니까? 내 충혈을 날려준 것처럼?"

"당연하지요. 제 물은 손님의 오장육부의 애로에 따라 선택할 수 있습니다."

"아까 특별한 요리가 생각나면 말하라고 하셨지요?"

"예."

"그렇다면 나는 물요리를 신청합니다. 다른 요리는 먹지 않아도 좋습니다."

왕세자가 잘라 말했다.

"제 물요리는 조금 비쌉니다만……."

민규 역시 장단을 맞춰주었다.

"상관없습니다. 굉장히 특별한 경험이 될 것 같군요."

왕세자는 주저가 없었다. 과연 물 마니아다웠다.

초자연수 풀코스!

특별한 주문이 들어왔다. 기자들이 그 장면을 놓칠 리 없었다. 낌새를 감지하고는 민규에게 청탁을 넣었다. 원래는 요리가 세팅되면 사진 촬영을 하고 식사 후에 왕세자를 인터뷰하는 게 취재의 가이드라인. 돌발이 나왔으니 그 또한 놓치지 않으려는 기자들이었다.

별수 없이 왕세자의 의향을 물었다.

"물 감상 취재를 원한다고요?"

"어떻게 할까요?"

"한국 기자들 중에 물맛을 아는 기자가 있습니까?"

"……?"

"우리 인디펜던트에서 나온 기자는 물에 일가견이 있습니다. 그 친구라면 이런 일에 흥미가 있을 테고… 한국 기자들 중에도 물맛을 아는 기자가 있다면 한 사람쯤은 괜찮습니다."

두 명만 허용.

왕세자의 옵션이 나왔다.

"물맛을 아는 단 한 사람이라고요?"

민규의 통보를 받은 기자들이 정색을 했다. 보통 사람들에게 있어 물은 거기서 거기인 맛. 그걸 조건으로 내세우니 황당할 뿐이었다. 별수 없이 민규가 간이 테스트를 했다. 열 잔의 물을 놓고 정화수와 벽해수를 골라내는 사람에게 기회를 주기로 한 것. 다행히 두 명이 답을 맞혔다. 둘을 상대로 냉천수를 찾게 했다. 이는 떫은 속성을 지녔으니 SBC에서 나온 기자가 선발이 되었다.

물이 준비되기 시작했다. 왕세자 앞이었다. 단정하게 자리를 잡은 민규, 재희의 보조를 받으며 마법사 같은 퍼포먼스를 더해 초자연수를 소환해 놓았다.

1번 타자로 마비탕이 나왔다.

"몸이 시원해지는군요. 열이 내리는 기분입니다."

정화수가 나왔다.

"아아, 원시의 순수가 정신을 후려치는 듯한 이 맛… 머리와 눈이 맑아집니다."

세 번째는 열탕이었다. 왕세자가 움찔 놀랐다. 물이 뜨거웠다. 민규가 제조하는 건 그저 생수. 그런데 손안의 물이 끓는 듯 뜨거우니 넋이 나갈 수밖에 없었다.

"몸 안에 든 전기회로 곳곳에 불이 켜지는 것 같군요. 딸깍, 딸깍… 엘라도 마셔볼래?"

왕세자가 현주에게 남은 물을 주었다.

"몸이 나비처럼 가벼워지는 것 같아요."

현주 엘라가 두 팔을 너울거렸다.

"내가 나이가 들면서 가끔 입이 마르는데 그런 것에 좋은 물도 만들 수 있습니까?"

가능하지요.

조사탕이 소환되었다. 조사탕은 누에고치를 삶은 물. 당뇨는 물론이고 입이 마르는 데 제대로였다.

"허, 바로 침이 가득해지는군요. 이럴 수가……."

"또 말씀해 보시죠."

"이번에는 가슴이 뻥 뚫리는 물… 가끔 숨이 찰 때가 있어서……."

문제없죠.

지장수가 나왔다. 해독 효과가 탁월해 몸을 가뜬하게 하니 그 또한 왕세자의 마음을 끌었다.

"또 어떤 마법의 물이 있나요?"

"민망하지만 둘째 현주님을 원하신다면 거기 특효가 되는 물이 있습니다. 춘우수라고 동양에서 쓰는 음력으로 정월에 처음 내린 빗물이지요. 달고 양기가 충만해 부부가 함께 마시면 임신이 가능합니다."

"하핫, 그렇다면 물이 곧 남녀 공용 비아그라라는 것인데 그런 것까지 가능하단 말입니까?"

"물론입니다."

"어디 한번 봅시다. 그렇잖아도 애를 태우는 터라……."

왕세자의 호기심이 나오자 두 잔의 물을 소환했다. 임신은 혼자 하는 게 아니기 때문이었다.

"……!"

"……?"

물을 마신 왕세자 부부의 표정이 기묘하게 변했다. 왕세자는 몸에 들어온 힘을 빼느라 바빴고 왕세자빈은 얼굴에 홍조가 떠 있는 것이다.

"이야, 이거⋯⋯."

왕세자가 혀를 내둘렀다.

"셰프, 저도 물 주문에 동참해도 될까요?"

춘우수의 마력을 느낀 왕세자빈이 끼어들었다.

"물론입니다."

"그런 물도 되나요? 저도 슬슬 나이가 들면서 피부가 거칠어지고⋯⋯."

"가끔 다리에 쥐도 나지요?"

"어머?"

민규의 족집게 작렬에 왕세자빈이 기겁을 했다.

"근육의 쥐에 좋은 물도 있지만 약선으로 해서 요리를 만들어 드리고, 피부가 고와지고 얼굴이 아름다워지는 물을 우선 드리겠습니다."

쪼르륵!

추로수가 소환되었다. 왕세자빈은 천천히 물을 마셨다. 왕세자와 현주의 시선이 집중되었다. 물을 마신 왕세자빈이 거울을 찾았다.

"거울 볼 필요 없어요. 피부가 한결 깨끗해진 것 같으니까."

그녀의 평생 거울 왕세자가 말했다.

"진짜야, 엄마 예쁘다."

현주도 환호를 했다.

"어쩜⋯⋯."

거울을 확인한 왕세자빈의 숨결이 멈췄다. 믿기지 않는 표정이었다.

"그런데 왕세자빈님, 그 물에는 한 가지 부작용이 있습니다."

"부작용이라고요?"

"아름다워지지만 식욕을 내려놓게 만들죠. 그러니 물요리만으로 그칠 게 아니라면 이 물을 드셔야 합니다. 식욕을 다시 올려 드릴 겁니다."

민규가 추가한 건 요수였다.

"맙소사!"

왕세자와 세자빈은 똑같은 표정을 지었다. 물 하나로 오장육부를 들었다 났다 하는 민규. 물에는 일가견이 있는 왕세자조차도 속수무책이었다.

"계속할까요? 왕세자님."

민규의 목소리가 정적을 깨뜨렸다.

"그럼요."

왕세자가 고를 외쳤다. 물에 대한 그의 호기심은 대단했다. 민규가 가진 물을 하나도 빼지 않았다. 덕분에 화장실도 두 번이나 다녀왔고 심지어는 췌탕과 동기상한까지 혀를 댔다. 물론 두. 물은 맛만 보여주는 수준으로 끝냈다.

"이렇게 신기한 물이라면 물만 먹고 살아도 좋겠습니다."

걸어 다니는 물 분석기 왕세자. 그의 호기심은 여전히 잠들지 않았다.

"그러실 것 같아서 밥 대신 먹는 물을 따로 남겨두었습니다만."

"정말입니까?"

왕세자가 반색을 했다.

"동서남북, 하늘과 땅의 기를 모은 육천기입니다. 마셔도 되지만 이 물은 향으로 먹으면 좋습니다."

민규가 육천기를 내놓았다. 왕세자, 몸의 정기를 채워주는 육천기의 활력에 놀라 얼어붙고 말았다.

"엄마……."

살짝 지루해진 엘라가 볼멘소리를 냈다. 배가 고파진 것이다.

"아차, 그러고 보니 나만 먹고 있구나. 미안. 셰프님, 우리 엘라 말입니다. 혹시 얼굴 주근깨 없애는 물은 없습니까? 병원에서는 아직 어려서 나중에 보자는데 아이와 세자빈의 고민이 너무 커서……."

"가능하지만 약선요리로 준비하고 있습니다. 세 분이 전부 물만 마시고 가실 것은 아니겠지요?"

"나는 정말 허기가 가셨으니 우리 세자빈과 엘라 것만 챙겨주시기 바랍니다. 이 물 향, 셰프 말이 딱이네요. 이 모든 감동을 오래오래 간직하고 싶습니다."

"왕세자님은 후식입니다."

"후식?"

"물의 감동도 좋지만 세상에는 더 많은 맛의 감동이 있지요. 새로운 미식 세계를 보여 드릴 테니 기대해 주십시오."

돌아서는 민규의 눈은 확신에 차 있었다. 체질창 변화 때문이었다. 초자연수를 시음하는 동안 왕세자의 혀가 맑아졌다. 비장에 힘이 차고 심장에 활력이 왔다. 비장과 심장의 기가 좋아지면 변하는 게 있었다. 바로 오곡의 맛 감지와 오미의 구별 능력 상승…….

'새로운 미식 세계라고?'

왕세자의 시선은 민규에게서 떨어지지 않았다. 그러다 평평, 카메라 셔터 소리를 듣고서야 정신이 들었다. 두 기자였다. 물요리가 시작될 때부터 찍고 있었다. 그런데 그제야 의식하는 왕세자. 진정한 워터홀릭이었다. 얼마나 물에 넋을 놓고 있었는지 알 수 있는 풍경이 아닌가?

"셰프님을 소개해 준 레이첼이 너무 고마운 거 있죠?"

기자들까지 나가자 왕세자빈이 말했다.

"나도 그렇소."

"나도!"

현주까지 동참을 했다. 왕세자 가족의 관심은 이제 주방으로 향했다. 물 하나로 이미 가족을 홀린 셰프. 그의 요리는 또 어떤 맛일까? 기대에 찬 왕세자의 시선에 아까 나온 과일말림이 보였다. 은은한 향이 마음을 끌었다. 하나를 집었다.

'응?'

무심코 한 입을 물던 왕세자가 파뜩 고개를 들었다.

'이거……'

그의 손이 파르르 떨렸다. 맛 때문이었다. 말라서 진해진 감미 안에서 숨은 진미가 느껴졌다. 아침까지만 해도 입안에서 맴돌던 쓴맛의 잔향이 사라진 것이다. 감쪽같았다.

'맙소사……'

몇 개를 더 집어 먹어도 그랬다. 이제는 피할 수조차 없는 전율… 흘려들은 민규의 말이 어쩌면, 현실이 될 것 같다는 기대가 밀려들었다. 그러니까 이 전율은, 다음 순간이 기다려지는 설렘이었다.

"종규."

"예!"

"삼색화전 맡아라. 궁중요리 대회 감성 좀 발휘해 봐."

반죽과 함께 꽃을 담가둘 초자연수를 건네주며 지시를 내렸다.

"꽃살 문양 장식을 올려도 돼?"

"물론. 그리고 재희."

"예, 셰프님."

"준비한 꽃부각, 그건 네가 맡아줘야겠다. 그 접시의 장식 역시 네가 책임진다."

"예썰!"

재희 목소리에도 힘이 들어갔다.

종규의 손이 재빠르게 움직였다. 재희의 손도 꽃송이 위를 날았다. 중앙의 민규를 필두로 세 손길이 요리에 돌입했다. 주방 입구의 기자들은 카메라에 담기 바빴다. 그들의 위치는 딱 거기까지였다. 조금이라도 어기면 취재 불가를 선언했기에 기자들은 가이드라인을 엄수했다.

계피를 골라 들었다. 왕세자빈을 위한 약재였다. 두툼한 껍질이 마음에 들었다. 계피는 근육의 쥐를 잡는다. 혈액순환을 도우며 하초를 뜨겁게 한다.

엘라의 주근깨에는 메꽃을 골랐다. 나팔꽃과 비슷하지만 말려서 약재로 쓴다. 이 가루가 주근깨에 잘 먹힌다.

시작은 밥이었다. 유럽인이 밥을 즐길 리 없다. 하지만 여기는 궁중요리와 약선요리의 요람 초빛. 이 안의 법칙은 민규가 정했다.

흐음.

코끝에 밀려드는 김으로 밥의 절정을 알았다. 그 밥과 조화를 이룰 계란 노른자는 이미 준비가 완료된 상태였다. 재래닭 알의 노른자를 분리해 표면에 숯불을 쐬인 후 구운 씨간장소스에 재워둔 노른자. 톡 건드리면 고소함이 폭발할 듯 탱탱해졌다.

하르르…….

솥뚜껑을 열자 흰쌀의 순결한 변화가 고스란히 드러났다.

기름기 윤택하게 흐르는 밥알은 귀태를 자랑하듯 소리 없이 반짝거렸다.

쑥빛 가득한 질그릇에 한 주걱씩 담으니 흰 보석함이 따로 없었다.

'씨간장 한 스푼……'

톡!

보석 가운데에 떨구었다.

'어제 짜낸 참기름도……'

톡!

알맞게 볶아 짜낸 참기름의 향이 후각을 흔들었다. 참기름이라고 다 같은 아니다. 너무 볶으면 갈색이 진해 탄 맛이 돌고 덜 볶아 짜면 고소함이 떨어진다. 맛의 절정은 볶는 것에도 예외는 아니었다.

'그리고 계란 노른자……'

대나무 수저로 고이 떠낸 노른자가 밥 위로 올라갔다.

'마무리는 참깨가루로……'

작은 수저로 노른자 위에 참깨가루 포인트를 찍었다. 곁들임은 새콤한 과일물김치로 정했다.

첫 요리의 출격.

민규가 카트를 밀었다.

"전채입니다."

왕세자빈과 현주 앞에 밥을 놓았다. 새하얀 밥 위에 날짱 올라앉은 계란의 노른자. 어두운 질그릇과 대조를 이루는 자태가 시리도록 선명했다.

"노른자를 살짝 터뜨려서 비벼 드시면 됩니다."

짧은 설명을 붙여주었다. 현주가 먼저 시도를 했다.

"이렇게요?"

용감하게 비벼놓은 현주가 물었다.

"네, 잘하셨습니다."

민규가 답하자 현주는 보란 듯이 한 입을 떠 넣었다.

"와아!"

현주 입에서 폭풍 감탄사가 밀려 나왔다.

"맛있어."

목소리가 봄날 아지랑이처럼 늘어진다.

"고소한 버터하고 치즈를 섞은 것 같은데 그것보다도 더더더 고소해."

맛에 취한 현주가 흐물거렸다. 왕세자빈도 한 입을 물었다.

"후아!"

그녀도 참을 수 없었다. 현주의 말은 약간의 과장도 없었으니 입안에 가득 차오르는 진미를 주체할 수 없었던 것이다.

"고소하고 부드러우면서도 짭짤하게 끝나는 뒷맛이 깔끔해요. 느끼하거나 늘어지는 맛이 전혀 없네요."

왕세자빈이 부군을 바라보았다.

"그런 것 같군. 비벼놓은 풍미가 나까지 들었다 놓는데?"

말을 하는 사이에 왕세자 목으로 옥침이 넘어갔다. 그가 의도한 것은 아니었지만 몸이 반응해 버린 것이다. 민규가 그 앞에 슬쩍, 전채 밥을 내려놓았다.

"셰프……."

"맛만 보시죠. 좋은 요리는 가족의 소중한 추억이 되니까요."

한마디를 남겨놓고 돌아섰다. 안 먹고 못 배긴다. 왕세자의 의지는 이미, 옥침이 꺾여버린 상황이었다. 민규의 요리는 이제 시작이었다.

─약선도루묵알 소방.

─두툼하게 구워낸 한우설야멱적.

─호박부추선.

─홍해삼.

─삼색화전.

─삼색꽃부각.

─궁중꽃송편.

─사과연근김치.

─계피설기.

─계피로 포인트를 낸 율란.

─메꽃가루 율무설기.

─약선배숙.

메인 요리만 열두 가지였다. 계피가 주제가 되는 건 왕세자빈을 위한 거였고 메꽃가루가 들어가는 건 현주의 몫이었다.

설야멱적은 평소보다 도톰하게 준비했다. 스테이크를 즐기는 서양인들을 위한 배려였다. 이 살 또한 마블링 없는 2등급 한우. 퍽퍽하거나 느끼하지 않아 소고기 본래의 구수한 맛에 충실했다. 미리 살구가루와 갈잎가루를 뿌려 재웠기에 부드럽기는 일본과 호주 최고급 와규에 못지않았다.

석류만두 소방에 넣을 재료는 도루묵알로 정했다. 생선은 금형의 엘라에게 좋았다. 알은 날것 그대로 한 알, 한 알 분리해 황금 코팅을 씌웠다. 소방의 투명한 만두피 안에서도 금빛은 고결하게 빛났다. 좋은 건, 숨긴다고 숨겨지는 게 아니었다.

씨익!

저절로 미소가 나는 민규.

꽃송편은 한국의 멋을 보여주기 위한 메뉴였다. 색색의 반죽 위에 꽃 모양을 조각해 붙였다. 노랑부터 초록까지 맞춰낸 색감. 쪄낸 다음에 오븐에 넣어 겉을 바삭하게 구울 생각이었다. 서양인들은 입에 쩍쩍 붙는 식감을 그리 좋아하지 않기 때문이었다.

송편을 안치고 설기도 안쳤다. 두 개의 찜솥에 계피설기와 메꽃가루설기를 넣었다. 호박부추선도 찜통에 들어갔다. 율란의 준비까지 끝나자 홍해삼 요리에 돌입했다.

홍해삼.

오늘 재료 중에서 가장 의미심장한 요리였다. 왕세자와 왕세자빈의 연애는 순탄치 않았다. 왕세자빈이 신인이자 무명 모델 때 만난 까닭이었다. 거기에 더해 그녀의 아버지는 택시 기사였다. 왕실에서 달가워할 리 없었다. 여왕은 왕자를 군대로 보내 떼어놓았다. 왕실의 의무이자 영광이기도 했으니 둘은 자연히 떨어지게 되었다.

그러나 여왕은 결국 솔로몬왕의 길을 걷게 되었다. 솔로몬왕도 그랬다. 아름다운 공주에게 악한 사윗감이 생길 거라는 예지를 받게 되자 딸을 외딴섬의 별궁에 가둬놓았다. 그러나 사자의 시체 속에서 잠을 자던 악한을 커다란 새가 물고 가다 하필이면, 별궁에서 떨어뜨리고 말았으니… 만날 사람은 결국 만나고 마는 것이다.

왕세자와 왕세자빈도 그랬다. 해외 파병지에서 외출을 나온 왕세자, 로드 패션쇼에서 그녀를 보게 되었다. 올리비아는 그날 후보였었다. 마침 인기 모델이 다리를 삐게 되면서 대타 출연을 하게 되었다. 둘의 사랑은 거기서 본격적으로 불붙고 말았다.

활활!

영국 국민들은 소설 같은 로맨스에 오히려 열광했다. 여왕조차 더 말릴 수 없었다.

홍해삼은 홍합과 해삼으로 남녀의 구분을 보여주는 요리다. 민규는 조금 응용하여 둘의 사랑을 연출해 낼 생각이었다.

―불린 해삼, 홍합, 쇠고기, 두부, 달걀, 밀가루, 깻잎.

주재료는 간단했다. 두부는 미리 준비한 행주두부의 물기를 짜냈다. 행주두부는 비단두부와 더불어 부드럽기 그지없다. 식감을 조금 더 살려내려는 민규의 노력이었다. 셰프의 손길이 한 번 더 가면, 맛은 두 배로 늘어난다.

벽해수에 불려낸 해삼은 탱글탱글한 볼륨감이 살아났다. 벽해수를 썼으므로 소금은 생략하고 후추를 살짝 뿌려놓았다. 홍합 역시 씨알 좋고 부드러운 놈들로 준비가 되었다.

으깬 두부를 체에 내리고 다진 소고기와 섞어 양념을 한 후에 치대기 시작했다. 치대는 게 중요하다. 조금 치대고 말면 차진 기운이 부족해 완성된 요리가 부서지기 십상이었다.

치댄 고기 반죽을 면보 위에 김처럼 얇게 펼쳤다. 다음으로 계란 노른자를 살짝 묻힌 깻잎을 한 줄 놓고 해삼을 올렸다. 깻잎은 홍해삼 원전에 나오지 않는다. 그러나 왕세자빈의 체질에 좋았고 색깔 포인트도 될 수 있었다. 꼼꼼하게 말아냈다.

홍합도 같은 방식으로 말았다.

그리고…….

마지막 하나는 두 해삼을 맞붙여 생긴 공간에 홍합을 가득 채웠다. 각각의 재료로, 그리고 둘을 합친 재료로 나눠 말아내는 민규였다.

과정이 끝나자 찜통에 김이 올랐다. 말아낸 재료가 투하되었다. 매 요리 과정의 연결은 매끄러웠다. 그래야 짧은 시간에 모든 요리를 완성할 수 있었다. 하나라도 삐끗하면 다른 요리들에 차질이 생기는 것이다.

찜이 되는 동안 삶은 밤을 꺼내 율란을 만들었다. 밤의 밑동에는 계피를 살짝 찍었다. 밤 모양이 제대로 나왔다.

"종규!"

홍해삼의 찜통을 열며 말했다.

"다 되어갑니다."

"재희!"

"곧 완성이에요."

합창을 들으며 마무리에 돌입했다. 밀가루를 묻히고 계란물은 두 색으로 물들여 준비했으니 취나물즙과 해당화로 공들인 초록과 분홍이었다. 하나씩 굴려내고 마지막 하나는 초록과 분홍을 절반씩 굴렸다. 반은 초록에 반은 분홍으로 만든 것이다.

찜이 끝난 재료를 굴린 후에 중불의 팬에서 살짝 지져냈다. 그걸 한 입 크기로 잘라내니 종규와 재희가 탄성을 쏟아냈다.

해삼은 두 마리를 맞물려 넣었다. 홍합 역시 네 개를 한 줄로 세워 정확하게 중심을 잘랐다. 이는 치노의 정밀요리 응용이었다. 이렇게 하면 어느 조각을 집어 들어도 허튼 게 나오지 않았다. 중앙에 들어간 깻잎의 초록은 신의 한 수였다. 깻잎 안쪽에 바른 참깨가루는 고사하더라도 색감이 두 배로 살았다.

차만술의 하수오, 감국주 술병을 더해놓으니 오찬의 완성이었다.

자라락!

카트 바퀴가 왕세자의 내실을 향해 움직이기 시작했다.

"꺄아!"

현주의 비명과 함께 세팅이 시작되었다. 현주는 품위를 지키기 위해 입을 막았지만 소리까지 막지는 못했다.

"한국의 궁중 스테이크 설야멱적입니다."

"황금 알을 머금은 궁중만주입니다."

"세 가지 꽃으로 부쳐낸 화전입니다."

"한국인들의 추수감사절이라 할 수 있는 추석에 먹는 꽃송편입니다."

"그리고 이 요리는……."

민규가 내려놓은 건 홍해삼이었다. 양편에는 녹색과 분홍의 홍해삼, 그리고 가운데에는 두 색이 절반씩 물든 요리…….

"남녀의 합궁을 나타내는 한국의 요리입니다. 과거에는 결혼식 때 혼례 음식으로 축복 기원을 기렸기에 오늘 두 분의 행복한 화합과 조화를 위해 특별히 준비했습니다."

홍해삼.

왼쪽 줄에는 여자를 상징하는 홍합을 놓았고 오른쪽에는 해삼을 놓았다. 가운데는 '홍합을 품은 해삼'이 세팅되었다. 남녀를 상징하는 요리에서, 남녀의 결합을 표현한 민규였다. 공간 장식은 연리지처럼 살짝 감아놓은 인삼 조각이었다. 두 개의 인삼을 조각해 엮은 후 한쪽 꽃에는 초록 물을, 또 한 쪽에는 분홍 물을 들였으니 요리가 아니라 조각작품처럼 보였다.

삼색꽃부각, 사과연근김치까지 자리를 잡으니 남은 건 체질 저격용 약선요리들뿐이었다.

계피설기와 계피로 포인트를 살린 율란은 왕세자빈 앞에 놓았다. 현주에게는 메꽃가루를 섞은 율무설기, 메꽃가루를 넣은 약선배숙으로 주근깨 삭제를 노렸다.

"세팅 끝났습니다."

민규가 입구를 향해 말했다. 대기 중이던 기자들이 들어와 사진을 찍었다. 오래 머물지는 않았다.

"이제 드시면 됩니다. 앞에 따로 세팅한 건 다리의 쥐와 주근깨를 없애는 약선이고 나머지는 두 분의 체질을 고려해 만들었으니 손이 닿는 대로 즐기시면 됩니다."

그 말을 남기고 돌아섰다. 요리는 아직 끝나지 않았다. 왕세자의 특별한 후식에 더불어 두 숙녀의 후식이 남은 것이다.

"준비됐어."

주방으로 가자 종규가 재료를 가리켰다. 곡식과 씨앗의 가루였다. 전부 전통 분쇄기인 돌확으로 갈아낸 가루. 지장수와 정화수만을 섞어 스틱 모양으로 만들었다.

―쌀, 보리, 밀, 조, 콩.

─똑새풀, 새팥, 댑싸리, 무릇곰, 마름.

다섯 가지 곡류에 다섯 가지 씨앗을 골랐다. 오븐에 구워낸
무릇조청을 곁들였다. 무릇조청은 아린 듯하면서도 단맛이 일
품이었다. 먹기만 하면 은근히 중독이 되는 맛. 마실 것은 오
미자화채로 결정했다. 시원한 화채 안에는 흰 마로 조각한 목
련 한 송이를 띄워놓았으니 신선의 작은 연못처럼 보였다.

왕세자빈과 현주의 후식은 궁중수정과에 복숭아양갱, 그리
고 삼색정과를 곁들여 냈다.

"와아, 와아!"

현주의 감탄은 주방까지 들려왔다. 그녀의 혼을 뺀 건 황금
알 소방이었다. 유려한 석류 모양만 해도 손이 저절로 가는
소방. 끝부분을 살짝 묶어놓은 미나리와 적색 치커리 줄기를
삶은 띠 안에서 우러나는 황금빛이 유려하니 참을 수가 없었
다. 하나를 집어 든 현주가 개인 접시 위에서 소방을 열었다.
호기심 작렬이었다.

"합!"

현주는 다시 입을 막아야 했다. 알알이 황금으로 물든 도
루묵알. 금형의 현주가 끌릴 수밖에 없는 생선. 그 매력이 함
축된 구성이기에 매료되어 버린 것이다.

오독도독!

황금 알은 입안에서 걷잡을 수 없이 터졌다. 시각에 미각에
청각까지 톡톡히 안겨주는 요리였다. 현주가 황금 알 소방에

열중하는 사이, 왕세자빈은 홍해삼 하나를 왕세자 앞에 놓아주었다. 해삼과 홍합이 화합한 조각이었다. 남녀의 조화란다. 왕세자는 먹지 않을 수 없었다.

"하아!"

미치도록 푸근한 맛김이 밀려 나왔다. 소고기의 담백함이 어쩌면 이렇게도 통제 불능일까? 육즙이 입안 구석에 닿나 싶자 해삼과 홍합의 바다 내음이 미각세포로 쏟아져 들어왔다. 그 경계를 이루던 깻잎과 들깨가루의 고소함 또한 인상적이었다. 그야말로 깨소금의 바다였다.

하지만!

왕세자빈과 현주의 식사는 감탄에 묻어가지 않았다. 그들의 테이블 예법은 정중했으니 어느 것 하나만 집중 공략 하는 게 아니었다. 접시들은 사이좋게 줄어갔다. 그리고, 몇몇 접시에는 마지막 하나를 남겨놓았다. 깡그리 비운 접시는 셰프에 대한 예의였고 하나를 남긴 접시는 그들의 교양이었다.

그래도 민규는 알 수 있었다.

'맛있다. 한 접시만 더 시켰으면.'

왕세자빈의 눈빛이 말을 하고 있었다. 맛은 얼굴에 쓰인다. 왕세자빈이 아니라 지구의 황제라고 해도 감출 수 없는 진리!

5. 버킹엄궁으로의 초대

"후식입니다."

민규가 라스트를 장식해 주었다. 왕세자 앞에는 곡류와 야생씨앗을 굽거나 볶아 만든 천연 막대 과자와 붉은빛이 고운 오미자화채. 왕세자빈은 숯불에 구운 군고구마 한 쪽과 궁중 수정과, 현주는 복숭아양갱이 놓였다. 셋이 공통으로 먹을 수 있는 건 삼색정과로 정했다.

수정과는 왕세자빈의 다리의 쥐를 위한 마무리였고 현주의 복숭아양갱 또한 그랬다. 양갱에 메꽃가루를 더한 것.

"이거… 담박한 단맛에 부드러운 식감… 저절로 넘어가네요."

왕세자빈은 군고구마에 빠져들었다. 색깔부터 압권이었다. 순하게 짙은 황금색에 부드럽게 갈라진 섬유질. 겉은 촉촉하고 안은 밤처럼 하얀 분이 맺혔으니 수정과와 기막히게 어울리고 있었다.

"맛을 보시죠."

민규가 왕세자의 시식을 권했다. 왕세자의 시선은 막대 과자에 있었다. 어떤 요리가 나올까? 어떤 요리를 낼 거기에 새로운 미식 세계를 운운한 걸까?

그러나 눈앞의 후식은 그 기대를 살포시 차버리고 있었다. 종류가 여럿이지만 그래 봤자 곡류 과자였다. 이런 건 왕궁에서도 심심찮게 먹었다. 궁전 요리사가 오트밀 막대 과자를 잘 만들기 때문이었다.

일단 하나를 집었다. 풍미를 맡고 한 조각을 물었다.

우물!

몇 번 음미하다가 목 넘김을 했다. 쌀가루였다.

'한국 쌀은 담백미가 제법이군.'

다음 것을 잡았다. 보리였다.

'보리쌀 같은데? 쌀보다 고소함이 한결 도드라져.'

이번에는 콩이었다. 앞선 두 과자의 고소함을 넘어가는 절정의 맛. 자신도 모르게 또 하나를 집어 들었다. 입안에 고소한 풍미가 가득 들어찼다. 그렇게 입맛을 다시는 순간.

'응?'

왕세자의 오감이 우수수 벌 떼처럼 일어섰다.

"왜요?"

현주가 돌아보았다.

'응?'

거기서 또 한 번 소스라치는 왕세자. 호기심 가득한 현주의 얼굴에 주근깨가 보이지 않았다.

"엘라의 주근깨가……."

왕세자가 중얼거렸다. 그 말에 놀란 왕세자빈이 현주를 보았다.

"세상에나!"

그녀 역시 소스라쳤다. 현주의 얼굴이 깨끗하게 변한 것이다.

"셰프님."

왕세자빈이 민규를 바라보았다.

"왕세자빈님도 뭔가 변화가 있을 텐데요."

민규가 지그시 웃었다.

"저요?"

왕세자빈의 눈에 긴장이 맺혔다. 민규가 예고한 변화라면 다리의 쥐였다. 다리를 펴고 발가락에 힘을 주어보았다. 자세가 살짝 뒤틀리면 어김없이 장딴지에서 뭉치던 근육. 그렇기에 여간해서는 다리에 힘을 주지 못하던 왕세자빈. 그런데, 이번에는 달랐다. 어떻게 힘을 줘도 쥐가 내리지 않는 것.

"오, 마이 갓!"

그녀가 자지러졌다. 쥐가 사라진 것이다.

"쥐가 안 나오?"

왕세자가 물었다.

"네, 감쪽같이 사라졌어요."

"정말이오?"

"그렇다니까요. 마치 엘라의 주근깨가 사라지듯……."

"허어!"

후끈 달아오른 왕세자, 목이 타는 듯 화채를 들고 마셨다.

'응?'

왕세자의 동작이 거기서 멈췄다.

"왜요?"

왕세자빈이 물었다.

"이거……."

화재에서 입을 뗀 왕세자, 몇 번 입맛을 음미하더니 다시 화채를 마셨다.

"맙소사!"

왕세자는 맥이 탁 풀리는 걸 느꼈다. 맛 때문이었다. 오미자의 다섯 가지 맛이 생생하게 느껴진 것. 믿기지 않는 듯 그는 다시 곡류를 맛보기 시작했다.

"이건 달콤쌉싸름한 맛……."

"이건 아련한 부드러움 속에 담긴 구수한 맛……."

"이건 무심하여 더 깊은 자연의 맛……."

"그리고 이건……."

왕세자의 맛 소감이 폭주하기 시작했다.

"달고 시고 떫고 맵고 짠맛……."

오미자화채를 들고 맛을 분석하는 왕세자. 그는 스스로도 믿기지 않는다는 표정이었다.

"셰프."

왕세자의 풀린 눈이 민규를 향했다.

"어떻습니까? 봉인이 풀린 맛의 세계……."

"이게 어떻게 된 일이오?"

"약수들 덕분입니다."

"약수?"

"왕세자님의 위장 애로는 간장에서 왔고, 그로 인해 비장과 심장에 문제가 생겼습니다. 그걸 모른 채 위만 고쳤기에 나머지들은 그대로 고착이 되었지요. 그러나 살아가는 데 지장이 있는 것은 아니다 보니 왕세자님도 모른 채 오늘까지 왔습니다. 아마도 요리를 먹으면 뒷맛이 쓰다는 느낌을 받으셨겠지요?"

"그, 그렇소."

"비장과 심장은 입과 혀의 건강을 좌지우지합니다. 비장은 몸의 요리사로 불리니 비장이 튼튼해야 곡식의 맛을 감별할 수 있고 심장이 튼튼해야 혀가 오미를 바르게 감지합니다. 두 기관에 문제가 생기면 음식의 뒷맛이 쓰게 느껴지는데 오늘 마신 초자연수가 두 기관의 혼탁을 씻어냈기에 곡류의 맛과 오미의 구분이 가능해진 겁니다."

"맙소사. 그래서 일부러 곡류에 아무 감미도 하지 않은 채 준비를 했군요?"

"최고의 맛은 자연 그대로의 맛이니까요."

민규가 또 웃었다. 그 미소는 신선의 그것을 닮아 있었다.

"허어……."

"다시 묻겠습니다. 새로운 맛의 세계를 만나셨습니까?"

"만나다마다요. 정말이지 판타스틱한 경험이었습니다."

"저도 그래요. 맛있는 요리가 치료까지 가능하다니……."

왕세자빈도 좋아 어쩔 줄을 몰랐다.

왕세자빈과 엘라, 사실 그 둘의 애로는 처음부터 잡아버릴 수도 있었다. 그러나 가족이 함께 해피해지는 시간을 맞추기 위해 임계점을 후식에다 맞춘 민규였다. 따로보다 다 같이, 가족에게 어울리는 순간이기 때문이었다.

"기가 막히군요. 34가지 신비수에 질병을 고치는 약선요리… 중세에 우리 영국에 위대한 마법사들이 많았다던데 그런 대마법사들 중 하나가 현신한 느낌입니다."

"제 요리의 마법은 마음을 열어주시는 손님만이 느낄 수 있습니다. 모든 것은 왕세자님 가족의 열린 마음과 이 먼 곳까지 기꺼이 날아와 주신 열정 덕분으로 생각합니다."

"아닙니다. 오기를 백번 잘했네요. 나도 그렇지만 우리 엘라 얼굴이 시원해진 것을 보니……."

"고맙습니다."

"아빠!"

듣고 있던 엘라가 상체를 세우며 입을 열었다.

"말해보렴, 엘라."

"이번 생일 선물 뭐 받고 싶냐고 물어보셨잖아요? 뭐든지 해주신다고."

"그랬지. 그게 지금 떠올랐어?"

"셰프님을 궁전으로 모셔 가요. 이렇게 멋진 요리를 날마다 먹고 싶어요."

"……."

"약속하셨으니 지켜주실 거죠?"

"엘라……."

"셰프님을 모셔 가면 엄마도 행복할 거 같아요. 제 말이 맞죠?"

엘라는 왕세자빈의 동의를 요청했다.

"엘라……."

왕세자빈은 답하지 못했다. 천하의 영국 왕세자도 마음대로 할 수 없는 게 있었으니 민규가 허락해 줄지 알 수 없는 일이었다.

"셰프."

잠시 미소만 짓던 왕세자가 입을 열었다.

"예."

"우리 엘라가 내 마음을 전해줬군요. 어떻습니까? 전격적이기는 하지만 버킹엄궁전의 수석 요리사를 제안합니다. 연봉을 백지수표로 드릴 테니 원하는 대로 적으시면 됩니다."

"왕세자님."

"조크가 아니라오."

"그건 곤란합니다."

민규가 정중하게 사양 의사를 비쳤다.

"예상한 답이오. 하지만 우리 엘라를 위해 셰프의 설명을 요청해도 되겠소?"

"여왕 폐하와 왕세자님을 위해 요리하는 건 평생의 영광이 될 것입니다. 하지만 그렇게 되면 더 많은 사람에게 약선요리를 해줄 수가 없습니다. 저는 어느 한두 사람만을 위한 요리사가 아니라 더 많은 사람에게 보람이 되는 요리사가 되고 싶습니다."

"엘라, 셰프님 말 잘 들었지?"

민규 얘기가 끝나자 왕세자가 엘라를 바라보았다.

"……"

엘라는 한숨에 더불어 울상을 지을 뿐이다.

"그럼 우리 엘라가 셰프님 설득할 수 있을까? 나는 하지 못할 거 같은데?"

"하앙."

엘라의 눈에 이슬이 맺혔다.

"셰프."

다시 왕세자가 말을 잇기 시작했다.

"전속은 내 욕심일 거 같고… 그렇다고 왕세자 체면에 현주에게 공수표를 날릴 수도 없으니 대안을 제시하고 싶습니다."

'대안?'

"우리 버킹엄궁전에 한번 오시는 건 어떻겠습니까?"

"……?"

"엘라와 여왕 폐하의 생일이 하루 차이입니다. 왕실 가족들을 모시고 당신의 요리 마법을 보여 드리고 싶습니다. 엘라도 여왕 폐하도 너무 좋아할 것 같습니다만."

"……."

"셰프님."

엘라는 간절한 눈빛으로 민규의 답을 기다렸다.

"정말 제가 오기를 원하시나요? 현주님."

민규가 엘라에게 물었다.

"네. 약속해 주지 않으시면 울어버릴 거예요."

말은 그렇게 하지만 어린 엘라의 눈에, 이슬은 이미 맺혀 있었다.

"귀한 손님을 모셔놓고 울게 하면 안 되겠죠. 현주님의 분부에 따르겠습니다."

민규가 왕세자와 엘라의 요청을 수락했다.

"고맙습니다. 시간을 비워주시면 바로 제 자가용 비행기를 보내 드리죠. 셰프께서는 그저 몸만 오시면 됩니다."

민규 마음이 변하기 전에 왕세자가 쐐기를 박아버렸다.

"기자 여러분."

식사가 끝나자 왕세자가 입구로 나왔다. 그의 앞에는 현주가 기대 있었다. 여기저기 흩어져서 기다리던 기자들이 우르르 몰려들었다.

"이 사람이 식사하는 동안 오래 기다리셨습니다. 시작하기 전에 기자 여러분들의 내공을 좀 확인하고 싶습니다."

"내공 확인?"

돌연한 발언에 기자들이 웅성거렸다.

"우리 현주 말입니다. 변한 게 없나요?"

'변한 거?'

"변화를 찾아내지 못하신다면 기자회견은 따로 진행하지 않겠습니다. 그건 여러분의 관심에 진심이 없다는 뜻일 테니까요."

왕세자가 웃었다. 조크의 암시였다. 그러나 이미 던져진 화두. 그냥 넘어갈 수는 없는 일이었다.

"표정입니까? 표정이 밝아졌군요?"

"비슷하지만 틀렸습니다."

"그렇다면 기입니까? 이민규 셰프의 요리는 정기나 진기를 끌어올리기로 유명합니다만."

"비슷하지만 또 틀렸습니다."

왕세자가 고개를 저었다. 기자들은 조급해졌다. 현주는 옷차림조차 그대로였다. 신발도 그렇고 머리 스타일도 변하지 않았다. 그렇다고 투시력이나 내시경이 없는 기자들에게 오장육부의 변화를 맞추라고 할 리도 없었다. SBC 기자가 앞서 찍은 사진을 열었다. 물요리를 마실 때의 풍경이었다. 그런 다음 방금 찍은 사진과 비교에 들어갔다. 하나하나 대조하며 다른 그림 찾기에 돌입했다.

"……!"

기자는 답을 찾아냈다. 얼굴이었다.

"주근깨입니다. 현주님의 주근깨가 사라졌군요."

기자가 외쳤다.

"주근깨?"

옆의 기자들이 웅성거리는 사이.

"맞았습니다. 알아보는 분이 계시니 기자회견을 받아들이겠습니다."

현주를 안아 들은 왕세자가 가뜬하게 웃었다.

"주근깨?"

"주근깨가 사라졌다고?"

"요리로 주근깨를?"

웅성거림과 함께 카메라 세례가 쏟아졌다. 타깃은 현주의 얼굴이었다. 사라진 게 맞았다. 영상 확대를 해봐도 주근깨는 거의 흔적뿐이었다.

"찰칵찰칵!

셔터는 경쟁적으로 눌러졌다. 현주는 뿌듯한 미소로 카메라를 받았다.

"주근깨가 사라진 과정을 듣고 싶습니다."

야외 테이블로 옮겨 진행된 기자회견, 첫 발언권을 얻은 SBC 기자가 족집게를 들이댔다.

"그 답은 여기 셰프께서 해주실 것으로 믿습니다."

왕세자가 답을 민규에게 돌렸다.

"나팔꽃과 비슷한 메꽃가루를 쓴 약선요리였습니다. 메꽃가루는 얼굴의 주근깨를 잡아주는 효능이 있습니다. 현주님의 체질에 좋은 율무에 메꽃가루를 섞어 약선율무설기를 제공했는데 그게 효과를 보았습니다."

"아, 그래서 현주님의 얼굴이 나팔꽃처럼 활짝 피었군요."

"다음 질문!"

답이 끝나자 왕세자가 회견을 이어갔다.

"왕세자님과 왕세자빈님은 어떻습니까? 두 분도 현주님처럼 극적인 변화가 있나요?"

질문도 이어졌다.

"당연히 있지요. 우리 왕세자빈께서는 다리에 쥐가 잘 내렸습니다. 약을 쓰고 있지만 완전히 가시지는 않았는데 오늘 셰프의 약선요리 덕분에 해방이 되었습니다. 셰프?"

왕세자가 민규를 바라보았다.

"왕세자빈님께서는 土형 체질인데 섭생의 불균형으로 간담의 기가 뭉쳤습니다. 쥐의 원인은 그것이었기에 껍질이 두꺼운 계피 '육계' 약선으로 바로잡았습니다. 요리는 현주님에 맞춰 설기를 만들었습니다. 계피가루를 주로 썼습니다. 또한 계피가루로 포인트를 살린 궁중율란을 더해 약선의 효과를 높였습니다. 그게 잘 먹힌 것 같습니다."

"왕세자님은 어떻습니까?"

발언은 다시 기자들에게 돌아갔다.

"본인은 너무 많은 걸 얻었습니다. 제가 나름 움직이는 물분석기로 통하는데 지상 최고의 물요리를 체험했습니다. 이건 세계 4대 샘물로 불리는 약수에서 받은 감동 이상입니다."

"구체적으로 들을 수 있을까요?"

"이 셰프가 요리 가능한 수십 종의 물맛을 보았습니다. 하나하나가 명작이더군요. 특히 반천하수와 마비탕, 육천기가 그랬는데 한마디로 성수라고밖에 표현할 수가 없습니다. 나머지 물들 중에서도 정화수, 춘우수, 추로수, 벽해수 등이 인상적이었습니다. 아, 그러고 보니 최고로 인상적인 물은 '취탕'과 '동기상한'이로군요."

"그건 어떤 물입니까?"

"해로운 물입니다."

민규가 설명을 보태놓았다.

"어떤 물이고 어떻게 해롭습니까?"

외신기자가 질문의 꼬리를 이었다.

"우리 일상의 주변에는 약수에 버금가는 물도 있고 잘못 다루면 해로운 물도 있습니다. 취탕과 동기상한이 그렇습니다."

"말로는 감이 오지 않는군요? 혹시 우리도 맛볼 기회를 얻을 수 있을까요?"

외신기자가 요청하자 대다수의 기자들이 가세를 했다. 별수 없이 즉석에서 반천하수와 정화수, 취탕 소환 퍼포먼스를 시연했다.

"오!"

"아!"

"히야!"

"응?"

시음에 대한 평가는 다양하게 나왔다. 가장 반응이 좋은 건 정화수였다. 거기에는 선명한 맛이 있었다. 그에 비해 반천하수와 취탕의 맛은 약했다. 두 물은 맛보다 몸이 느끼는 물이기 때문이었다.

"몸이 정화되는 느낌입니다."

"이 물은 왠지 찝찝해지는 것 같은데요?"

외신기자의 평이었다. 많은 기자들 중에서 나름 반천하수와 취탕에 근접하는 분석이었다.

"또 다른 비하인드 스토리는 없습니까?"

시음이 끝나도 질문은 멈추지 않았다.

"우리가 마신 물 중에 춘우수라는 게 있더군요. 그 물은 부부 화합을 이끌어 아이까지 갖게 해준다고 합니다. 셰프의 말이 공수표가 아니라면 내년 이맘때쯤 우리 부부에게 둘째가 생길지도 모르겠군요."

"오!"

왕세자의 말에 기자들이 환호성을 울렸다.

"마지막으로 가장 인상적인 요리는 무엇이었습니까? 그리고 다음에 또 방문할 의향이 있으십니까?"

"다 좋았습니다. 셰프 덕분에 무뎌졌던 미각까지 되찾았으니까요. 하지만 가장 인상적인 건 역시 물이었습니다. 물."

왕세자의 결론이었다.

"저는 홍해삼이었어요. 남녀를 나타낸다는 의미와 함께 맛도 최고였습니다."

왕세자빈의 선택은 홍해삼.

"저는 꽃송편요. 겉은 바삭바삭 부서지고 안은 달콤한 잼이 듬뿍 들어서 너무 좋았어요. 그리고 황금 알이 든 만두와 꽃전, 배로 만든 요리도요."

엘라의 선택은 많았다. 그대로 두면 테이블에 올라간 요리 전부를 거명할 태세였다.

"다음에 다시 방문할 의향이 있는지는 말씀하시지 않았습니다."

기자가 답변을 재촉했다.

"얼마 후가 여왕 폐하의 생신이십니다. 그 하루 뒤가 우리 현주의 생일이고요."

"그때 다시 방한한다는 겁니까?"

성질 급한 기자가 훅 질렀다. 다른 기자들의 이목도 집중되었다. 왕세자의 방문만으로도 토픽이 되고 있는 일. 만약 여왕까지 단지 한 끼의 만찬을 위해 초빛에 온다면 최고의 뉴스감이 될 일이었다.

"아뇨. 오지 않습니다."

왕세자가 답했다. 기자들의 머리에서 김빠지는 소리가 들렸다. 푸시시시… 그들의 맥이 거의 바닥으로 내려갈 때 왕세자가 반전의 발언을 내놓았다.

"대신 이 셰프께서 우리 버킹엄궁전으로 와주시기로 했습니다."

"……!"

왕세자의 발언이 초빛의 마당을 뒤집어놓았다.

"조금 전에 여왕 폐하와 버킹엄 당국과도 협의가 끝났습니다. 그때도 기자회견을 하고 싶으신 분들은 죄송하지만 영국까지 와주셔야 할 것 같습니다."

왕세자가 마무리 발언을 했다.

짝짝짝!

박수가 나왔다. 왕세자와 민규 모두에게 보내는 뜨거운 박수였다.

찰칵찰칵!

카메라 셔터가 미친 듯이 터졌다. 왕세자는 민규를 당겨 자신의 옆에 세웠다. 왕세자빈과 현주까지 함께 서서 포즈를 잡았다. 현주가 민규를 보며 웃었다. 민규가 손을 내밀자 그녀가 다가와 민규에게 안겼다. 어린 현주를 안아 들자 카메라가 발작하듯 몰려들었다. 민규와 현주, 기막힌 그림으로 잡혔다.

[현주의 주근깨를 지운 약선요리 셰프]
[영국 왕자를 홀린 약선요리왕!]
[영국 버킹엄궁전, 한국의 약선요리왕 정식 초청]

사진과 기사가 세계 각국으로 전송되기 시작했다. 민규의 자부심도 함께 전송이 되었다. 민규의 초빛과 약선요리가 세계를 뜨겁게 달구는 순간이었다.

그날 밤 인터넷 검색어 또한 용광로처럼 들끓었다.

소방.
홍해삼.
꽃송편.

황금진주면.

현주.

약선요리.

메꽃.

주근깨.

영국 왕세자.

계피 쥐.

실시간검색어 상위권을 통째로 씹어먹고 있었다. 1위는 당연히······.

이민규 셰프.

6. 양보가 불러온 선물

사람들이 궁금해하는 게 또 있었다. 음식값이었다.

왕세자 패밀리의 요리 가격?

얼마였을까?

많은 사람이 궁금해하니 SBC 방송의 기자를 통해 공개를 했다.

총 2,000만 원.

왕세자에게 1,000만 원, 왕세자빈과 현주에게 각 500만 원이었다. 상세 내역은 공개하지 않았다. 상대가 왕세자였고 그들의 질병은 고쳐준 약선에, 요리가 격찬을 받았으므로 이의를 다는 사람은 없었다.

왕세자가 돌아간 후에 영국 대사와 레이첼 부부가 인사를 왔다. 아일라도 물론 끼어 있었다.

"정말 고맙습니다. 왕세자님과 세자빈님께서 매우 만족하시더군요."

대사가 공식적인 고마움을 전해왔다.

"올리비아는 아직도 셰프님 요리의 감동을 잊지 못하고 있더군요. 현주 엘라보다도 더 엘라 생일을 기다릴 눈치예요."

레이첼 역시 뿌듯하기는 다르지 않았다.

"덕분에 저도 큰 보람을 느꼈습니다."

민규가 답했다. 그저 하는 말이 아니라 진심으로 그랬다. 물맛을 귀신처럼 분석해 내는 왕세자. 그 경험은 민규에게도 소중한 시간이었다.

"셰프님."

듣고 있던 아일라가 대화에 들어왔다.

"응?"

민규가 답하자 아일라가 민규 귀에 대고 뭔가를 속삭였다.

"아일라, 뭔데 그래?"

레이첼이 물었다.

"비밀!"

아일라는 새침하게 엄마를 외면했다.

대사 부부는 다음 예약을 신청하고 떠나갔다.

"아일라가 뭐래?"

종규가 다가와 물었다.

"비밀."

민규도 아일라와 똑같이 답했다.

"형, 존나 치사하게……."

"그럼 너는 형이 손님들이 한 말을 다 까발리고 다니면 좋겠냐?"

"엘라는 어리잖아?"

"어리면 손님 아니냐?"

"……."

민규의 말에 종규 말문이 닫혔다. 말로든, 요리로든 당할 수 없는 형이었다.

"알았으면 들어가서 장관님 식재료나 챙겨놔라."

민규가 종규 등을 밀었다.

아일라의 속삭임…….

별것 아니었다. 공항에 배웅을 나간 아일라에게 엘라가 한 말의 전달이었다.

"셰프님이 엄마 아빠보다 더 좋아."

그 말을 전한 것이다. 주근깨 때문이었다. 오랜 시간 익숙해졌지만 좋았을 리는 없는 일. 깨끗해진 얼굴을 볼 때마다 민규가 고마운 엘라였다.

'또 만날 때까지…….'

마음에 들어온 엘라의 기억을 내려놓고 주방으로 향했다.

민규의 요리를 기다리는 사람은 여전히 넘치고 있었다.

—궁중홍해삼.

—도루묵알 소방.

장관의 추가 메뉴는 두 가지였다. 원래는 약선황기죽을 신청했던 일. 보도가 나가자 두 요리의 추가 여부를 물어온 것이다. 당연히 받아들였다. 도루묵알 소방은 초대박이었다. 선명한 황금 알이 영상과 사진으로 공개되자 사람들은 열광을 했다. 황금빛이 주는 럭셔리한 느낌 때문이었다.

장관은 예약보다 10분 먼저 도착했다. 백 국장과 둘이었다.

"어서 오십시오."

식재료 손질을 마친 민규가 문화부 장관을 맞았다.

"영국 왕세자 만찬, 대단했어요."

그녀가 치하를 했다.

"관심 주셔서 고맙습니다."

"이 셰프님 일이잖아요? 게다가 우리 부처도 영국과 추진하는 문화 사업이 많으니 안 챙길 수 없었죠. 영국의 영향권에 있는 나라는 아직도 많거든요."

"예……."

"버킹엄궁전에 가기로 했다고요?"

장관이 내실 자리에 앉았다. 백 국장은 맞은편에 자리를 잡았다.

"그렇게 되었습니다."

"멋지네요. 아마 한국 최초일 것 같은데?"

"여왕 폐하의 기대에 맞출 수 있을지 모르겠습니다."

"셰프님이라면 하고도 남을 거예요. 보기만 해도 넋이 나가는 요리에 약선까지 겸비했으니……."

"요리 올릴까요?"

"그래 주시겠어요? 다른 예약도 밀렸을 테니……."

장관은 민규의 사정을 헤아려 주었다.

해삼과 홍합을 준비하고 도루묵알을 골랐다. 쭈그러지거나 망가진 건 다 제외했다. 수백 개의 알 중에 한두 개쯤은 괜찮지 않을까? 그런 건 민규 사전에 없었다. 그 하나가 모여 맛을 이루기 때문이었다.

알에 금박을 코팅했다. 재희와 종규가 넘겨보고는 한숨을 쉬었다. 이제 율란 정도에는 금박을 입힐 수 있는 두 사람. 그러나 도루묵알 코팅은 불가능의 저편이었다.

금빛 찬란한 도루묵알을 넣고 소방을 빚었다. 목에 포인트로 매줄 미나리와 적색 치커리 줄기도 마련했다. 홍해삼 말아 낸 것과 소방을 찜통에 넣었다. 두 개의 찜통에 불이 당겨졌다.

그사이에 약선황기밤죽을 쑤었다. 밤은 말린 것을 갈아 넣었다. 이렇게 하면 고소함의 풍미가 더 진해지는 것이다.

죽이 끓는 동안 고구마를 몇 개 꺼냈다. 연잎에 싸서 종규에게 넘겼다.

"요리 나왔습니다."

민규가 요리를 세팅해 주었다. 미리 내준 초자연수는 깨끗이 비워져 있었다.

"이게 바로 영국 왕세자 부부가 뻑 갔다는 그거로군요."

장관의 입이 쩌억 벌어졌다.

황금소방.

겉보기에는 단아하지만 황금빛이 우러나니 복주머니에 다름 아니었다. 게다가 잘근 동여맨 초록과 붉은 띠는 왜 그리 매력적인지…….

"맛을 봐야겠어요."

장관은 서둘렀다. 황기죽을 두고 소방부터 집어 든 것. 앞 접시 위에서 배를 살짝 열자 황금 알들이 우르르 밀려 나왔다.

"세상에나!"

"그야말로 보석 만두로군요. 진짜 황금 알처럼 보입니다."

백 국장은 입맛부터 다셨다.

"맛도 기막혀요. 이게 그냥 도루묵알이 아닌 거 같은데요?"

맛을 본 장관이 민규를 바라보았다.

"맞습니다. 도루묵알이 오독오독 씹히는 재미는 있지만 감칠맛은 좀 떨어지지요. 그래서 감칠맛이 강한 육수에 재워서 사용했습니다."

"그 물도 약수인가요?"

"사람에 따라 다르게 쓰는데 두 분의 경우에는 공무의 피로를 씻어드리려고 머리가 맑아지는 정화수를 주로 썼습니다."

"세상에……."

"이거 이거, 우리 이 셰프님을 인간문화재로 지정해야 하는 거 아닙니까?"

백 국장이 추임새를 넣었다.

"과찬입니다."

민규가 웃어넘겼다.

"아니, 과찬이 아니에요. 오늘 아침에도 우리 사무관이 그러더라고요, 약선요리도 궁중요리처럼 항목을 잡아서 전승해야하는 거 아니냐고? 그렇게 되면 이 셰프님이야말로 자동으로 전승자가 되는 것이죠."

"저 말고도 잘하는 분들이 굉장히 많습니다."

"허허, 겸손하시긴……."

"그럼, 요리 드십시오."

"아, 잠깐만요."

나가려는 민규를 장관이 불러 세웠다.

"하실 말씀이 있으십니까?"

"실은 지난번 일 말이에요 셰프님 훈장 문제……."

"훈장이라면 제가 아니라 진우재 선생님으로 말씀드렸던 것 같습니다만."

"알아요. 그것 때문에 잠깐 드릴 말이 있어요."

"예……."

"이 셰프님 말대로 진우재 선생 쪽으로 가닥을 잡았어요. 그분에 대한 공적 조사도 끝났고… 훈장을 주어도 큰 무리가 없을 분이더군요."

"제 생각도 그렇습니다."

"그래서 진우재 선생 훈장 추서를 추진 중이었는데……."

장관은 잠시 여운을 남기다가 말을 이어나갔다.

"몇 가지 문제가 생겼습니다."

'문제?'

민규가 흠칫 반응을 했다.

훈장!

표창도 아니고 훈장이다. 아무나 받는 게 아니다. 더구나 요리 분야. 프랑스 같은 나라라면 몰라도 한국에서는 흔한 일이 아니었다. 그렇기에 관행이나 관료들의 벽에 부딪친 걸까?

"문제라면……?"

"우선은 진우재 선생 말입니다. 공적 조사를 하는 과정에서 훈장에 대한 뉘앙스가 나갔는데 펄쩍 뛰면서 이 셰프님을 추천하더군요."

"예?"

"자신은 궁중요리의 과거 역사나 뒤지는 사람이니 자격 없다. 현재 궁중요리의 역사를 써나가는 이 셰프님이야말로 훈장을 받아야 한다. 뭐 그런 취지였습니다."

"아닙니다. 훈장은 그분에게……."

"또 하나는 관리 부처에서 내려온 이견입니다."

"이견이라고요?"

"그쪽에서도 진우재 선생의 훈장 추서가 곤란하다고 하네요."

"이유가 뭡니까?"

"그게… 다른 곳에서 압박성 의견이 들어왔나 봐요."

"진우재 선생에게 하자가 있다는 말씀인가요?"

"그건 아니고요……."

"그럼 뭐죠? 하자가 없는데 왜 안 된다는 겁니까?"

"할 수 없이 솔직히 말해야겠군요. 진우재 선생 단독 수여는 불가하고 이 셰프님까지 올려주면 추서하겠다고 합니다."

"……!"

"사필귀정 아닙니까? 게다가 영국 왕세자 일까지 겹치면서 저도 어쩔 수가 없게 되었습니다. 두 분 다 포기하시든지 두 분 다 받으시든지 해야 할 것 같습니다."

"장관님."

"저도 입장이 난처합니다. 실제로 이슈가 되는 사람을 빼고 다른 사람을 올리니 눈총이 이만저만이 아니라고요. 게다가 영부인께서도 여전히……."

"장관님, 이러시면……."

"두 분 다. 제 마음은 그렇습니다. 장관, 힘없습니다. 세상이 우리더러 어공이라고 하잖아요. 어쩌다 공무원. 임명권자 눈 밖에 나면 언제든……."

장관이 목을 그어 보였다. 백 국장은 젓가락으로 황금 알을 들었다 놨다 하는 행동만 반복했다. 둘은 이미 입을 맞추고 온 것이 분명했다.

"……."

민규가 할 수 있는 건 침묵이었다. 그러나 그 침묵은 해결책이 아님을 잘 알고 있었다. 결국 결단을 내렸다.

"별수 없군요. 장관님의 뜻을 받아들이겠습니다. 대신 오늘 식사 비용은 받지 않겠습니다."

"아, 말은 고맙지만 그럴 줄 알고 미리 계산을 하고 들어왔습니다. 김영란법에도 맞지 않고요."

"장관님."

"그럼 우리는 식사하겠습니다."

장관이 접시를 당겨놓았다. 백 국장도 그랬다. 약선요리왕 이민규, 꼼짝없는 판정패였다.

"이건 서비스입니다. 이만한 서비스는 김영란법에 걸리지 않겠죠?"

말미에 민규가 준비한 건 군고구마와 수정과였다. 종규를 시켰더니 숯불에 기막히게 구워냈다.

"왕세자빈께 내드린 그대로입니다. 어차피 그분이 드신 메뉴를 먹으러 오신 것이니……."

거부할 수 없는 설명도 붙여놓았다.

"이 정도는 괜찮겠죠?"

장관이 국장을 바라보았다.

"고구마 하나에 차 한 잔, 뭐 감사원에서 나온들 봐주지 않을까요?"

둘은 죽이 척척 맞았다.

"그냥 고구마가 아니군요. 저절로 벌어지는 황금빛 속살에 은은한 향까지……."

살짝 벌어진 껍질을 벗기자 샛노랗게 드러나는 속살. 그걸 한 입 베어 문 장관의 입에서 격한 숨결이 밀려 나왔다.

"당도가 높고 분이 잘 나는 고구마를 골라 숯불의 간접 화력만으로 구운 겁니다. 껍질까지 바삭하니 다 드셔도 괜찮습니다."

민규가 설명했다. 두 손님은 정말 껍질까지 다 해치운 후에야 자리에서 일어났다.

"그럼 다음에 또 뵈어요."

장관과 국장이 떠나갔다.

"무슨 일이야? 훈장이 어쩌고 하던데?"

안으로 들어서자 카운터를 정리하던 종규가 물었다.

"들었냐?"

"거기까지만… 진우재 선생님이 무슨 훈장 받아?"

"그래."

"으아, 역시 훈장은 학자나 전문가들 몫이구나. 훈장은 우리 형이 받아야 하는데."

"내가 왜?"

"왜라니? 궁중요리 약선요리 붐 일으킨 게 누구야? 이번에만 해도 영국 왕세자 일로 궁중요리와 약선요리가 빵 떴는데?"

"그러니까 내가 훈장 받아야 하는 이유 세 가지만 대봐라."

민규가 종규를 바라보았다. 종규가 생각하는 민규는 어떤지 궁금했다.

"첫째는 우리 형이니까."

"또?"

"둘째도 우리 형이니까."

"또?"

"셋째도 우리 형."

"어이구, 이 사기꾼 같은 놈."

민규가 종규를 쥐어박았다.

"그럼 뭐? 만인이 다 아는 이유를 내가 꼭 말해야 해? 왜곡된 궁중요리 문화도 바로잡고 국민들에게 궁중요리의 소중함을 일깨워 주었으며 동서양을 활보하며 한국 요리의 우수성을 널리 알렸다! 그건 어차피 다 아는 식상한 얘기잖아?"

종규가 빽 소리를 질렀다.

"그건 저도 공감이에요."

테이블 정리를 끝낸 재희가 동참을 했다.

"허, 얘들 봐라. 죽이 척척 맞네? 너희 사귀냐?"

"형!"

"오냐, 너희들 성의가 괘씸해서 나도 훈장 받는다. 진우재 선생하고 같이. 됐냐?"

"진짜?"

종규 목소리가 높이 튀었다.

"그래. 알았으면 위치로. 훈장이 요리하는 건 아니니까."

"으아악, 축하해, 형."

"셰프님, 축하해요."

종규와 재희가 동시에 팔딱거렸다. 그 소리에 놀란 할머니가 커다란 팬을 들고 들어서며 소리쳤다.

"누구야? 누가 또 우리 세푸에게 진상을 떠는 거야?"

한바탕 신나는 소동을 뒤로하고 주방에 자리를 잡을 때 문화부에서 문자가 들어왔다.

[문화훈장 추서 결정을 축하합니다.]

문화훈장.

민규 핸드폰에서 오래 반짝거렸다.

7. 기사회생요리방 起死回生料理方

"영업 종료."

"테이블 마감합니다."

종규와 재희가 합창을 했다. 오늘의 마지막 손님이 떠난 것이다. 또 하루가 갔다. 왕세자의 후폭풍으로 정신이 없는 하루였다. 이제는 후폭풍도 내공이 쌓여 버틸 만했다. 잠시 미뤄 두었던 핸드폰을 챙겼다. 오늘도 수많은 전화와 문자가 들어와 있었다. 훈장 뉴스가 나가는 통에 더했다.

제일 먼저 남예슬의 것이었다. 세 개나 되었다.

[셰프님, 영국 왕세자 가족의 쾌거 축하드려요.]

[훈장 추서 진심으로 축하드려요.]

[저도 좋은 일 생겼어요. MBS의 '너를 위한 명곡' 메인 MC 맡게 되었어요. 최고의 행병을 보내주신 덕분이에요. 고맙습니다.]

"......!"

마지막 문자에서 민규 눈이 휘둥그레졌다.

살구떡 행병의 전설을 믿는 남예슬. 새로 개편되는 MBS의 간판 오락프로그램의 진행자 자리를 따낸 것이다.

[진심으로 축하해요. 하지만 그 행운은 내 살구떡 덕분이 아니고 예슬 씨 실력입니다.]

카톡을 보내고 꽃집 전화번호를 찾았다. 다른 일 같으면 종규에게 시켜도 되겠지만 지난번에 시치미를 뗐으니 그럴 수 없었다. 남예슬에게서 다시 문자가 들어왔다.

[셰프님, 통화 가능하세요?]

그녀가 묻기에 민규가 전화를 해버렸다. 걸음은 뒷마당으로 향했다.

"여보세요?"

—어머, 셰프님.

그녀가 반색을 했다.

"바쁜 사람이 왜 카톡에 매달려 살아요?"

─그러는 셰프님은요?

"나는 방금 마지막 예약 손님 모셨답니다."

─저도 방금 녹화 끝나고 나왔어요.

"MBS 진행자 내정, 축하드려요. 그거 노리는 사람들 많았을 텐데……."

─안 그래도 다들 난리였어요. 특히 은지후 선배는 병원까지 실려 갔어요.

"왜요?"

─왜겠어요? 이번 개편 때 거기 보조라도 밀고 들어가려고 로비 세게 했나 보더라고요. 그런데 자기는 물먹고 제가 메인을 꿰찼으니 충격 먹을 만하죠.

"그랬군요. 아무튼 다시 한번 축하드립니다."

─셰프님께 보답을 해야 할 텐데요. 지난번 보내주신 행병 먹을 때부터 느낌이 왔어요. 왠지 기가 막 살아났거든요.

"그런 말 마세요. 이번 일은 예슬 씨 저력입니다."

─언제 다시 한번 모셔도 돼요? 저 이번에는 행병 제대로 연습했는데…….

"진짜요?"

─물론 셰프님에게야 비할 바가 아니지만…….

"그렇게 자신 있다면 한번 가죠 뭐. 꽃다발도 전해 드릴 겸."

―꽃다발은 제가 드려야죠. 훈장도 타시게 되었는데.

"언제 만날까요?"

―월요일 저녁 7시에 어때요? 셰프님은 월요일에 쉬시니까.

"그렇게 하죠."

―셰프님.

"예?"

―고마워요. 문자도 행병도…….

통화음을 따라 나오는 남예슬의 목소리가 젖어 있었다. 국민 울보답게 또 눈물을 글썽거리는 모양이었다.

"제가 다 고맙네요. 이제 대한민국 최고의 스타이신데."

짧게 통화를 끝냈다. 우는 여자를 요리(?)할 능력은 아직 민규에게 없었다.

잘됐네.

가만히 돌아설 때 종규 기척이 느껴졌다.

"뭐야? 들었냐?"

민규가 물었다.

"뭘?"

"아니… 왜?"

"손님 왔어."

"예약 남은 게 있었어?"

"아니, 진우재 선생님."

"진우재 선생님?"

"오래 기다렸나 봐. 아까부터 차 사장님 민속전집 올라가는 길에 서 있던 차거든. 한 시간도 넘었지 아마?"

"저런!"

낭패감을 안고 마당으로 나왔다. 진우재는 연못 앞의 테이블 의자에 앉아 있었다.

"선생님."

"이 셰프님."

민규를 본 진우재가 벌떡 일어섰다.

"이 밤에 웬일로요? 연락도 없이……."

"실은 연락은 아까 드렸는데……."

"예?"

놀란 민규가 핸드폰을 체크했다. 아직 보지 못한 문자들 가운데 그의 것이 있었다.

"죄송합니다. 방금 요리가 끝나는 바람에 미처 체크하지 못했습니다."

"괜찮습니다. 얼마 기다리지도 않은걸요."

"혹시 문화훈장 때문에 오셨습니까?"

"맞습니다. 이거 뭐라고 말씀을 드려야 할지……."

"제 말이 그렇습니다. 너무 당연한 일을 가지고 일을 번거롭게 한 건 아닌지……."

"무슨 말씀입니까? 이 훈장, 애당초 이 셰프님에게 주어진 거라는 거 다 알고 있습니다."

"아니, 그건 그렇지 않습니다. 제가 무슨 깜냥에……."

"깜냥이 어때서요? 솔직히 대한민국 궁중요리와 약선요리에서 이 셰프님에게 필적할 사람이 누가 있습니다. 저도 이 셰프님 덕분에 빛을 본 사람입니다. 이 셰프님이 실력으로 정통 궁중요리의 길과 법도를 구현해 주지 않았다면 아직도 이단으로 취급되고 있을 테니까요."

"무슨 그런 말씀을……."

"그래서 혹시라도 훈장이 나온다면 이 셰프님께 드려야 한다고 강조했는데 둘 다 받을 수 있다고 하는 바람에 덜컥 수락을 하고 말았습니다."

"받을 자격 있으십니다."

"그래서 이걸 들고 왔는데 괜찮으면 같이 한잔할 수 있을까요? 오래전에 작고하신 제 아버지께서 남겨주신 건데 아직 못 마셨습니다. 좋은 날이 오면 마실까 아껴두었는데 좋은 날이 와야 말이죠."

진우재가 꺼내 든 건 꼬냑이었다.

[Remi Martin Extra]

영문이 반짝거리는 빨간 상자는 이미 개봉되어 있었다.

"죄송하지만 이미 개봉은 했습니다. 훈장 소식 듣고 아버지 납골묘에 가서 한 잔 따라 드리고 왔습니다. 괜찮겠습니까?"

"그렇다면 셋이 마시는 셈이로군요. 둘보다는 셋이 좋은 거 아닌가요?"

"역시… 고맙습니다."

진우재의 눈도 젖었다. 오랜 야인으로 산 진우재. 이제야 제대로 보상을 받게 되었다. 민규는 그 기분을 알 것 같았다. 술을 좋아하지 않지만 그래서 더 축하를 나누고 싶었다.

"그리고 이거……."

진우재가 뭔가를 주섬주섬 꺼내놓았다. 버섯이었다.

"혹시 이 버섯 아십니까?"

"살구버섯 아닙니까?"

"이야, 역시 아시는군요?"

진우재 표정이 환하게 밝아졌다.

"이게 찾기 귀한 건데 어떻게 구했습니까?"

"맛의 뿌리를 찾아 산간지방을 돌고 있었거든요. 작은 오일장에 잡버섯으로 나와 있더라고요. 찌개 끓일 때 대충 넣는다나요? 이거 얼마 주고 샀을 거 같습니까?"

"글쎄요, 오일장이라면 만 원?"

"5천 원입니다. 이게 서양에서는 샹트렐로 불리지 않습니까? 그쪽에서는 송로버섯 다음으로 쳐주는 건데 우리는 잡버섯으로 취급하고 있지요. 셰프님은 알아볼 것 같아서 가지고 왔습니다."

"천리마를 알아보는 백락이 따로 없군요. 그렇다면 제가 그

백락을 위해 이걸 요리해 오겠습니다."

"어, 그러실 필요까지는……."

"괜찮습니다. 어차피 다른 안줏거리도 조금 내와야 하고요. 잠깐만 기다리십시오."

민규가 일어섰다. 진우재가 말릴 사이도 없었다.

"재희, 종규!"

주방으로 가며 둘을 불렀다. 재희는 퇴근 준비를 하다가 다가왔다.

"이게 뭔지 아는 사람?"

민규가 살구버섯을 공개했다.

"처음 보는 버섯인데?"

"나팔꽃 닮았네? 나팔버섯인가요?"

둘의 의견이 나왔다.

"살구버섯이다. 다른 이름은 애꽃버섯, 꾀꼬리버섯… 향 좀 맡아봐라."

"와아, 싱그러운 나무 냄새에 과일 냄새……."

"살구 냄새도 나는데?"

둘은 열심히 향의 뿌리를 찾아냈다.

"서양의 대표 버섯은?"

"송로버섯요."

재희가 먼저 답했다.

"그럼 그다음은?"

"에?"

"한국에서는 첫째가 능이, 둘째가 송이, 셋째가 표고라고 하지만 서양에서는 첫째가 송로, 둘째와 셋째가 이 모렐과 샹트렐이다. 이게 바로 샹트렐이야."

"어? 그럼 이게 수입이에요?"

"아니, 한국산. 모렐과 샹트렐은 한국에도 있거든. 사실 너희들 오일장에 풀어놓을 때는 그런 스페셜 좀 찾아오길 바랐었는데……."

"그럼 이거 찾아다 고급 요리에 쓰면 되겠네? 프랑스에서도 대접받는다니……."

종규가 의견을 냈다.

"좋은 버섯이긴 하지만 프랑스에서 먹힌다고 우리나라에서도 닥치고 먹히는 건 아니지. 잘 생각해 봐라. 그게 왜 잡버섯에 섞여 존재감을 잃었는지."

"그거야 이 버섯의 진가를 몰라서 그러는 거 아니야?"

"식문화의 차이일 수도 있지. 우리는 소 내장과 돼지 삼겹살에 열광하지만 다른 나라들은 버리는 부위였듯이."

"아……."

"물론 네 생각도 맞아. 최근에는 천대받던 것들이 우대받는 세상이잖냐? 약재로는 개똥쑥이 그렇고 식재료 중에도 매생이가 그렇고… 그러니까 좋은 요리로 승화시키면 한국에서도 대박 날 수 있겠지."

"윽, 어렵네."

"알았으면 재희는 맛보고 퇴근. 종규는 곡류 막대 과자 만드는 것 좀 도와라."

마무리를 날린 민규가 버섯의 요리에 들어갔다.

―날버섯구이.

간단하게 씨간장을 뿌려 석쇠에 구웠다. 시골에서야 잡탕찌개에 들어가는 잡버섯이라지만 잘만 하면 진귀한 재료. 본래의 맛을 살리기 위해 특별한 양념은 가미하지 않았다.

'흐음… 이 향……'

불길을 맞은 버섯에서 향이 밀려 나왔다. 숲이었다. 살구밭이었다. 자세히 맡으면 자두 향에 복숭아 향도 나는 것 같았다. 종규와 재희의 시식용을 남겨주고 밖으로 나갔다. 다른 안주는 곡류 막대 과자에 무릇조청과 우슬조청 두 가지를 더했다. 왕세자 방문 때 만들어둔 조청은 맛이 기막혔다. 진우재라면 그걸 알아줄 것 같았다.

"어휴, 제가 괜한 민폐를……."

"천만에요. 덕분에 귀한 걸 먹게 됩니다."

민규가 웃었다.

"한잔 드리겠습니다."

진우재가 꼬냑을 들었다.

"아닙니다. 선생님이 먼저입니다."

"무슨 말씀… 내 꽃을 피워준 건 이 셰프님입니다."

"가당치도 않습니다. 훈장도 선생님이 먼저 받게 되니 제가 따르겠습니다."

"내가 먼저라고요?"

"문화부에서 온 훈장 수여 번호를 안 보셨군요? 분명 선생님이 먼저였거든요."

팩트를 들이댄 민규가 꼬냑 병을 받았다. 꼴꼴, 그대로 따라 버렸다. 진우재도 민규 잔을 채워주었다. 가볍게 잔을 부딪치고 넘겼다. 원래도 좋은 술 꼬냑. 거기에 더 좋은 Extra. 게다가 좋은 날에 좋은 사람. 화한 첫맛에 이어지는 깊은 향이 심장까지 내려갔다.

"좋은 술이네요. 뒷맛이 풍부합니다."

민규가 말했다.

"우리 아버지가 첫 해외여행에서 돌아올 때 주머니를 다 털어서 산 거라고 하더군요. 제가 성인이 되고 좋은 일이 생기면 같이 드시려고 했다고 해요."

"그게 오늘이었군요?"

"그렇게 되었습니다. 제가 별난 탓이죠."

"별말씀을……."

"아닙니다. 제가 어릴 때부터 좀 그랬거든요. 중3 수학여행 때 국립공원 가서 엄한 동굴에 들어갔다가 추락해 죽을 뻔하지를 않나? 거기서 나와 병원에 실려 가서는 헛소리를 하지 않나……."

"헛소리요?"

"한번 보시겠어요? 제가 물에 빠졌다가 나와서 하는 헛소리를 아버지가 적어두셨다는데⋯ 이것 때문에 대학 갈 때까지 제 별명이 작석견이었어요."

진우재가 낡은 한지를 꺼내놓았다. 한문이 쓰여 있었다.

斫石見玉 治木成家.
先困後旺 食神助成.

두 줄의 한문. 그걸 보는 순간 민규의 숨결이 멈춰 버렸다. 강렬한 기시감이 민규의 뇌수를 사정없이 쪼아버린 것이다.

'이 사람⋯⋯.'

민규의 척추뼈가 격하게 으슬거리기 시작했다.

"왜요? 셰프님이 들어도 좀 그렇죠?"

"그게 아니라⋯⋯."

"셰프님?"

"진 선생님, 이 글자 정말 선생님이 하신 헛소리였습니까?"

"그럼요. 지금도 아련히 생각이 나는걸요?"

"그것 좀 들려주시겠어요?"

"안 됩니다. 그거 들으시면 저 미쳤다고 생각할지 몰라요. 내 친구 놈들 다 그랬거든요."

"환생 메신저, 전생 메신저 그거죠?"

"예?"

너털웃음을 짓던 진우재. 민규의 말에 놀라 눈이 휘둥그레졌다.

"셰프님이 그걸 어떻게?"

"운명 시스템… 거기서 나온 선생님 운명 수정의 궤……."

"셰프님!"

"斫石見玉 治木成家 先困後旺 食神助成, 작석견옥 치목성가 선곤후왕 귀인조성… 돌을 부숴 옥을 보고 나무를 다스려 집을 만든다. 처음은 고단하나 나중은 융성할지니 식신이 나와 성공을 도우리라."

"셰프님."

진우재가 휘청 흔들렸다. 아직 이야기도 꺼내지 않은 헛소리의 내용. 그걸 민규가 훤히 알고 있는 것이다.

"대체……."

이제는 진우재가 창백해졌다. 등골에도 얼음장이 들어온 것 같았다. 중고등학교 이후로는 누구에게도 말하지 않은 그 기억. 그걸 어떻게 안단 말인가?

"진우재 선생님."

민규가 진우재를 바라보았다. 더없이 진지한 얼굴이었다.

"예."

"그건 헛소리가 아닙니다. 그때 선생님 앞에 나타난 메신저들 말입니다."

"셰프님……."

"말해보세요. 그때의 기억… 그 두 메신저의 기억……."

"……."

"실은 저도 그 두 메신저를 만났었습니다. 지독히도 어렵던 무명 요리사 시절… 한 메신저는 환생을 관장하고 또 한 메신저는 전생을 관장하지요."

"아……."

"이제 이야기를 마저 들어도 되겠습니까?"

"이야, 이거 미치겠군요. 비록 우연이라도 이 셰프님과 이런 쪽으로 말이 통하다니……."

목이 타는 진우재, 자기 손으로 꼬냑을 한 잔 따랐다. 흥분한 까닭에 조금 넘쳤다. 그걸 단숨에 마셔 버리고는 말을 이었다.

"그때 사실 저는 왕따였습니다. 어머니는 사고로 돌아가셨고 성적은 계속 내려가고 있었지요. 수학여행지의 방, 일진으로 불리던 친구가 소주를 구해 왔습니다. 다 같이 마셔야 한다고 했는데 한 잔을 마신 내가 토하자 따귀를 치고는 쫓아냈어요. 재수 없으니까 다 마실 동안 선생님이 오나 망이나 보라고……."

"……."

"밖으로 나오니 산이 보여요. 산자락에 접한 모텔이었거든요. 착각이었는지 반딧불이 보였어요. 그걸 따라갔어요. 그다음부터는 잘 생각이 나지 않아요. 어디론가 까마득히 추락했는데 그사이에 두 메신저를 만났어요."

"……."

"斫石見玉 治木成家 先困後旺 食神助成, 원래는 거기서 죽을 운인데 운명을 수정할 기회를 준다고 하더군요. 하지만 제 전생의 공과가 극과 극이라 남들이 공을 들이지 않는 길을 가야 한다고 했어요. 눈을 뜨니 병원이었는데 운명의 궤라는 글자와 메신저들에 대한 기억만 남았어요. 나중에 찾아보니 그런 뜻이더군요. 돌을 부숴 옥을 보고 나무를 다스려 집을 만들라."

"……."

"그 사고 후로 왕따를 벗어났어요. 119 구조대에 경찰들이 수백 명 동원되어 수색한 일이다 보니 유명 인사가 되었거든요. 고등학교부터는 공부를 좀 해서 괜찮은 대학을 가게 되었는데 대학원에 진학할 때 그 문구를 생각하게 되었어요. 뭘 전공해야 할까……."

"……."

"남이 잘 가지 않는 길… 갑자기 그 말에 끌리는 거예요. 그렇게 만난 게 식품사와 고대 조리였어요. 사고 이후로 한문에 관심을 가졌던 것도 도움이 되었지요. 한문 덕분에 식품사와 고대 조리학의 권위자이신 교수님의 눈에도 들었고요."

"……."

"그러다 이 셰프님을 처음 만난 날 또 이 문구를 떠올리게 되었지요. 제 주장을 증명하는 요리를 해내는 요리사를 보니 위로가 되었던 겁니다. 저 사람이 식신일까? 그런 상상까지 들었다니까요."

진우재가 조용히 웃었다.

"실은 그날 밤, 이 꼬냑을 만지작거렸습니다. 위로를 받은 날, 지금까지 수고한 나를 위해 축배를 들까 하고……."

"……."

진우재의 목소리가 민규에게 울림을 주었다. 그의 고단한 분투를 한 번 더 느낄 수 있는 순간이었다.

"그랬는데… 참기를 잘했네요. 이렇게 더 좋은 날이 오다니……."

"그러셨군요."

"셰프님은 어떤가요? 아무도 믿지 않을 이야기지만 궁금하네요."

"제 운명의 궤는 선생님을 만나는 거였나 봅니다."

"저요?"

"吉星照門 貴人相對. 고귀한 이들을 만나 큰 도움을 받게 되리라. 그거거든요."

"멋진 패로군요. 하지만 저는 아닐 겁니다. 귀인일 리 없지요. 제가 이 셰프님의 도움을 받고 있으니까요."

"아뇨. 제게는 분명 귀인이십니다. 처음에도 그랬고 지금 이 순간에도……."

"셰프님……."

"네."

"가끔은 그런 생각도 했었습니다. 우리가 어느 생에서 만나지 않았었을까? 그런데… 이제 보니 전생보다 더 뜨거운 공통점이 있었군요."

"그런 것 같습니다."

"그렇다면……."

진우재가 또 무언가를 꺼내놓았다. 아주 오래된 고요리서였다.

"옛날 요리책 아닙니까?"

"맞습니다."

"한번 보시겠습니까?"

진우재가 책을 건네주었다. 책에서 곰팡이 냄새가 끼쳤다. 바래고 바래 누렇게 떠버린 종이. 훈민정음이 아니고 한자였으나 몇백 년 묵은 책 같지는 않았다.

"일본 교토 쪽에서 우연히 구한 건데 고서적은 아닙니다. 내용으로 봐서는 궁중요리 고서적의 근대판 필사본의 필사본이 아닐까 싶은데 뒤쪽에 흥미로운 요리가 나와서요."

궁중구방(宮中口方)

책의 제목이었다. 궁중에서 입에서 입으로 전하는 방법이라는 뜻.

민규가 책을 넘겼다. 궁중요리가 맞았다. 고서적에 나오는 것들 중에서 궁중 편만 골라 모은 내용들… 하나하나 넘겨가던 민규의 시선이 끝에서 멈췄다.

"……!"

起死回生料理方

기사회생요리방

제목 하나로 민규의 숨이 멈춰 버렸다.

귀신을 불러 모아 단사를 황금으로 바꾸고 그 황금으로 식기를 만들어 사용하면 수명이 늘어난다. 수명이 늘어나면 바다 가운데 봉래산의 선인을 만날 수 있다. 그 선인에게 봉선제를 행하면 불사(不死)에 이를 수 있다.

―史記―

몇 줄 서문 아래 세 줄의 관련 자료가 보였다.

『음양의 두 물로써 기본을 삼아…….

단사(丹砂), 석종유, 석영, 금, 산호, 호박(琥珀)…….

五…….』

"⋯⋯!"

바삐 한자를 해석해 나가던 민규의 미간이 구겨졌다. 내용은 거기서 끝이었다. 아래쪽 내용은 뜯겨 나가고 없었다. 단사는 황화수은이다. 석종유, 석영과 더불어 불로장생약의 비법에 등장한다. '신수본초'에서 석종유와 석영에 대해 상세히 전한다.

수명을 연장해 주니 안색이 좋아지고 늙지 않는다.
육체를 가볍게 해주고 장수할 수 있다.

맨 아래의 五는 무엇의 첫 글자일까? 오행(五行)일까? 오방(五方)일까? 오기(五氣)일까? 알 수는 없지만 장생에 관한 것은 맞았다. 식재료는 연금술 쪽에 가까웠다. 먹는다지만 요리는 아니었다. 그러나 단사의 경우는 조금 근접했다. 황금 그릇이 포인트니 요리를 담아 먹을 수 있었다. 요리의 맛을 살리고 죽이는 식기는 분명 존재하기 때문이었다.

이러한 분위기는 도가와 중국의 당대에 성행했다. 식재료에 근접하는 기록도 나온다. 구당서의 천축국전이다. 선제(先帝)의 명을 받은 바라문승 나라이사매가 천축국의 비방으로 장생약을 만든다. '영초비석'을 모아 약을 완성시켰다는 기록이 그것이었다.

영초비석(靈草秘石)이다. 영초라면 요리에 쓰는 식재료가 포함될 수 있었다. 그러나 비방에 쓴 영초비석이 무엇인지 알 수가 없다.

이 시대의 도홍경이 주목받는다. 그가 약을 바라보는 시각은 조금 특별했다. 약이란, 단지 신체를 강건하게 하고 질병을 치유하는 것에 한정되지 않는다고 본 것이다. 두말할 것 없이 수명의 연장이 그의 궁극이었으니 초월자의 시선이었다.

그러나 그 실증은 현대에 전하지 않는다. 오히려 반대의 성찰만이 기록에 남았다.

신선처럼 되는 일은 허망한 일이니 진의 시황제가 그랬고 한의 무제가 그리하였다.

둘은 불사와 신선을 꿈꾸다 실패한 대표적인 사람들이었다.

생명필멸!

그 대전제를 받아들인 것이다.

그런데…….

뜻밖에도 궁중요리 쪽에 이런 언급이라니…….

"선생님."

민규가 고개를 들었다.

"아래쪽은 처음부터 훼손되어 있었습니다."

"……."

"처음에는 도가의 비방을 적은 건가 싶어 크게 염두에 두지 않았는데 이 셰프님 약선을 생각하면 그런 약선도……."

가능할 것도 같아서요.

진우재의 마음이었다.

"불사약과 불로장생의 시도는 많이 들어보았습니다. 하지만 '기사회생 약선요리'는… 솔직히 저도 들어본 적 없습니다."

민규가 고개를 저었다.

음양의 두 물과 수명을 연장시키는 물질들.

이것만으로 추론할 수 있는 약선요리는 없었다. 일부라도 식재료가 나와야 가부 짐작을 할 것 아닌가?

"그런데 책의 내용은 보다시피 역대 조선 군왕들의 질병과 약선요리에 대한 것들이 주종입니다. 몇몇 식치는 역사 속의 내용과 일치하고요."

'역사?'

"1대 태조는 중풍, 3대 태종은 폐렴, 4대 세종은 성병, 5대 문종은 등창, 6대 단종은 암살, 7대 세조는 문둥병, 8대 예종은 복상사, 9대 성종은 폐병, 10대 연산군은 괴질, 그리고 26대 고종의 독살, 27대 순종의 심장마비… 물론 역사 속의 팩트와 조금은 견해가 엇갈리는 것도 있지만 왕들의 질환을 치료하는 약선요리들입니다. 간간이 왕자와 왕비들에 대한 요리도 들어 있고요.

"……"

"그게 만약 숙수들 사이에 전하는 숙수들만의 요리 전승이라면 뜯겨 나간 비방은 그들 사이에 전하는 비법일 수도 있다는 생각을 해봤습니다."

"……"

"그런 식으로 접근하면 기사회생요리가 맞을 수도 있겠지요. 어느 한 숙수가 성공했지만 후대의 숙수들에게 전수하지 못해 불완전한 구전으로 전하는… 그도 아니면 그저 도가(道家)의 상상을 전하고 있을 수도 있겠고요."

"……"

"역사적으로 접근하자면 불로초나 불로장생에 대한 기록은 넘치고 또 넘칩니다. 단지 상세한 내용을 전하고 있지 않을 뿐."

"……"

"이 또한 그런 기록들처럼 정사도 야사도 아닙니다. 게다가 그 기록의 출처는 한국이 아닌 일본이니까요."

'일본?'

"일본에 유명한 고서적상이 있습니다. 그 사람이 한국과 중국의 여러 의궤를 소장하고 있었는데 그 책 역시 그 사람에게서 흘러나온 거라고 하더군요. 어쩌면……."

'어쩌면?'

"일본이 고종을 독살하는 과정에서 수집한 궁중요리 기록의 파편일 수도 있고요."

고종 독살.

진우재의 목소리에 힘이 들어갔다.

"그러니까 고종을 독살하기 위해 조선왕조 왕들의 약선 비밀을 수집하는 과정에서 나왔다는 말인가요?"

"아무것도 확실하지는 않습니다. 고종의 독살설은 아직도 밝혀진 게 없고 책 또한 정식 서적이 아니라 개인의 필사본을 다시 옮겨 적은 것에 불과하니까요."

"……."

"셰프님 견해는 어떻습니까?"

"기사회생 약선 말입니까?"

"예."

"글쎄요……."

"셰프님의 약선은 많은 이슈를 낳았습니다. 현대 의학이 손대지 못하는 질병들을 고친 적도 있고요."

"하지만 죽은 사람을 살린다는 건……."

"거기 나오는 도가의 비방과 진시황이 찾던 불로초를 제대로 동원하면 어떨까요? 중국에서 회자되는 불로괴나 태세 같은 것들도… 불로초가 곧 불사약이니……."

"정통 학문을 하시는 분이 그런 말씀을 하시니 어색합니다."

"역사는 과학이 아닙니다. 때로는 추측과 상상도 동원해야 합니다. 바로 지금처럼 말입니다."

"……."

"다른 사람 앞이라면 안 하죠. 이론은 물론이오, 과학조차 넘어버리는 약선을 요리해 내는 분이시니… 게다가 남들은 꿈도 꾸지 못할 영구치까지 나오게 하지 않았습니까?"

"그건 또 어떻게?"

민규 시선이 가파르게 솟았다. 주용길 의원의 치아 소생. 누구에게도 발설하지 않은 일이었다. 그런데 그걸 알고 있다니……

"제가 이 셰프님 일에 관심이 많지 않습니까? 주용길 의원이 초빛에서 쓰러졌다는 뉴스가 나왔을 때 걱정을 많이 했습니다. 일이 잘못되면 누군가 이 셰프님을 음해하지 않을까 싶어서요. 그래서 주용길 의원의 사진을 곰곰 비교해 봤더니 얼굴이 다르더군요. 특히 입 주변과 턱선 말입니다."

진우재가 사진 세 장을 열어 보였다. 하나는 예전 것이고 또 하나는 병원 입원 후의 취재 사진, 마지막은 어제 뉴스에 나온 회견의 얼굴이었다. 이제 대권 주자의 입지를 확실하게 굳혀가고 있는 주용길. 그의 사진을 구하는 건 일도 아니었다.

"보시죠. 제 말이 맞지요?"

그가 사진을 짚었다. 최근 사진은 확실하게 좋아 보였다. 마침내 치아가 제대로 솟은 것. 그렇기에 턱선이 제대로 살고 볼에도 생기가 돌았다. 안이 건실해지니 겉은 저절로 좋아진 것이다.

"허!"

민규는 탄식으로 대신했다. 극비에 붙인 일이지만 명쾌한 팩트를 들이대는 진우재. 그러니 부정도 긍정도 하지 못했다.

"영구치는 절대 다시 나지 않습니다. 현대 의학의 팩트지요. 하지만 완전한 팩트는 아닙니다. 이십여 년 전, 베트남에서 90대의 노인이 이가 새로 났다는 뉴스가 있었고 10여 년 전에는 영국에서 비슷한 해외 토픽이 나왔습니다. 중국에서도 아마 그런 일이 있었죠?"

"……."

"어떻게, 왜 치아가 다시 났는지는 모르지만 그들은 자신도 모르는 사이에 뭔가 도움이 되는 음식을 먹었는지도 모르죠. 고서의 치아 비방 역시 그런 선상에 있지 않았을까요? 어떻게 보면 허황된 일 같지만 제대로 작용점에 일치하면 가능한."

"……."

"셰프님의 치아 비방도 그런 것 아닙니까?"

"……."

"죽은 영구치를 다시 나게 한다. 그렇다면 기사회생도 가능하지 않을까 생각했습니다만……."

"죽은 사람을 살리는 방법도 있기는 합니다. 동의보감에도 나오지요. 다만 거기에는 몇 가지 조건이 있는 데다 다 한의학적 관점이었습니다."

"민간요법과 약선요리의 관점도 있지요."

진우재가 웃었다.

"그러니 약선요리 비법도 있을 수 있다?"

"만약 말입니다. 뜯겨 나간 그 아래의 내용이 있다면 어떻겠습니까?"

"그렇다면 판단에 도움이 될 것은 같습니다만."

"그걸 가지고 있는 사람을 압니다."

"……!"

진우재의 말에 민규의 오감이 출렁거렸다.

기사회생 약선요리의 내용이 있다고?

"선생님."

"고베의 고서적상 코하루 말입니다. 그가 가지고 있습니다. 확실합니다."

"……."

"어떻습니까? 그 고서적상이 굉장히 깐깐하지만 보는 정도는 가능할 수 있습니다. 제가 고서적상의 위치를 알고 있으니 시간이 되면 함께 가보지 않겠습니까? 요리 쪽이야 셰프님이 보셔야 빠를 테고 그 양반도 연로해서 언제 돌아가실지 모르니까요."

"그렇다면 가보시죠. 저도 흥미롭군요."

"알겠습니다. 제가 기본 정보를 확인하고 다시 말씀을 드리겠습니다."

"예."

"이거 오늘 일들이 훈장보다 더 흥분되는데요? 한순간의 환상으로 생각했던 일이 나만 겪은 일이 아니었다니… 그 분위기 때문인지 기사회생 약선요리도 왠지 기대가 되고요."

진우재는 흥분을 감추지 못하고 떠나갔다.

진우재……

그는 갔지만 얼굴은 술잔 속에 남았다.

운명 시스템.

그도 그 시스템의 수혜자였다니…….

하긴 남들이 잘 가지 않는 고조리(古調理) 연구에 미친 사람이니 그럴 법도 했다.

돌아보면 기막힌 인연이었으니 마치 이국에서 조국 사람을 만난 기분이었다.

게다가 그가 던져놓고 간 화두, 기사회생 약선…….

남은 술잔을 감싸 쥐고 약선에서 배웠던 왕들의 역사를 더듬었다. 500년 조선 왕조…….

'인종과 선조, 효종과 경종, 정조에 고종, 그리고 소현세자…….'

대략 여덟 명에게서 독살설이 나왔다. 조선왕 4명 중의 1명 꼴이었다. 이는 중국도 예외가 아니었다. 그렇기에 중국은 태감들이, 조선은 기미상궁들이 수라 하나하나를 살피고 확인했던 것이다.

2생 권필의 기억 속에 있는 독살은 고려의 충정왕이었다.

그는 폐위된 뒤에 강화도로 추방이 되었다. 그리고 그다음 해에 바로 독살이 되었다.

"권필을 들라 하라."

오래지 않아 왕이 권필을 불렀다.

"하명하소서."

권필이 고개를 조아렸다.

"강화도 소식을 들었느냐?"

"……."

"네 이제부터 기사회생 약선을 공부해 줘야겠다."

"……."

"그래야 나의 안위에 문제가 생겼을 때 나를 도울 게 아니냐? 태의감 쪽에도 은밀하게 명을 내렸으니 그리 알거라."

기사회생 약선.

그러나 권필의 전생에는 그런 비방이 없었다. 다만 그가 비방을 탐구하던 기억은 남았다. 지엄한 왕명이니 소홀할 수 없었던 것.

권필은 고래의 처방과 중국의 서적을 뒤졌다. 약초꾼들을 찾아 진기한 효력을 가진 약초를 구했다. 그때도 불사약에 대한 기록이 있기는 했었다.

십팔사략(十八史略)이 그중 하나였다. 한 사람이 불사약을 만들었다. 그걸 내시에게 전하며 황제에게 바쳐달라고 했다. 내시가 약을 받아 들고 궁궐에 들어서자 호위병이 확인에 나섰다.

"불사약?"

내시가 그렇다고 하자 호위병이 먹어버렸다. 그 사실을 전해 들은 황제가 노발대발하며 호위병의 목을 치라고 명하였다.

"저는 진짜인지 가짜인지 확인한 것뿐입니다. 그러니 황제께서 저를 죽이시면 그 약은 가짜가 아니겠습니까? 저는 잘못이 없습니다."

호위병의 교묘한 대답에 황제는 그를 용서할 수밖에 없었다.

다음은 도경에 언급되는 상약이었다. 수은이다. 수은으로 단을 만들어 술에 섞고 맑은 햇빛에 쏘인 다음 마시면 장생할 수 있다고 한다. 그 당시에야 그랬을 수도 있지만 지금은 위험천만한 방법. 수은 다루다 골로 간 사람이 한둘이었던가?

기록은 그게 끝이었다. 불사약이라고 기록되었지만 식재료의 언급은 없었다. 그러나 권필은 뚝심으로 식재료를 찾아냈다. 수은처럼 치명적인 위험이 서린 것도 아니었다.

—식품: 잣, 밤, 톳, 은행, 영지, 솔잎, 국화, 생강, 산삼, 복숭아, 상지수.

—약제: 황정, 구기자, 우황청심원, 경옥고.

권필이 예비한 것들. 민규도 이제는 아는 것들이었다. 그것들을 가감해 약선미음으로 만들어 공주의 급살도 막아냈다. 하지만 그뿐. 죽은 사람을 살려낸 기억은 없었다.

잣과 밤, 톳과 복숭아, 솔잎 등은 불로장생 선과나 식품으로 불린다. 생강은 동의보감 등에서 졸지에 죽은 사람을 살리는 데 많이 쓰인다. 산삼과 상지수는 말할 것도 없다. 경옥고는 불로불사의 약에 속하는 약. 우황청심원 역시 기사회생 약에 속했다.

하나하나의 장점만 살펴보면 기사회생이 불가능한 것도 아니었다. 실제로 이 식재료와 약들은 많은 사람을 살려내기도 했었다. 그렇다고 해서 이를 넣어 만든 요리가 기사회생의 요리 비방이 될 수는 없었다. 지금은 약이 귀하던 때와 달랐다. 그때는 살 수 있는 사람까지 죽는 경우가 많았지만 지금은 그런 경우가 많지 않았다. 특별한 경우에나 구급약 대용이 될 수 있을 뿐이었다.

'기사회생 약선요리라?'

민규가 고개를 들었다. 밤하늘에 별이 촘촘했다. 진주알처럼 빛나는 별을 보니 치노와 치아키가 떠올랐다. 진우재의 대화 속에서 나온 사람이 일본인이기 때문이었다. 고서적상이 사는 곳은 고베. 치노의 식당 오사카와 가깝기에 더욱 그랬다.

목숨!

오랫동안 요리사들은 그 단어를 망각하고 살았다. 그것을 대신한 명제는 오직 '맛'이었다. 그 맛을 부각하기 위해 '멋'을 끼워 넣었다. 그 안에도 목숨은 없었다.

약식동원.

약선요리사였지만 민규 역시 그랬다. 소소한 질병을 퇴치하고 건강을 찾아주는 요리에만 몰두했지 목숨을 살리는 요리는 저 먼 별처럼 미뤄둔 셈이었다.

그러나 약선의 궁극은 건강이다. 그 건강의 주체는 목숨이다. 그렇다면 약의 궁극에 장생이 있음을 탐색하던 도홍경이 맞을 수도 있었다. 그가 옳다면 약선요리의 기사회생 구현 또한 불가능은 아니었다.

가능할까?

다시 그 명제로 돌아갔다. 33가지 물에 육천기까지 소환이 가능한 민규였다. 책에 기록된 한 문장…….

'음양의 두 물…….'

그건 아마도 상지수와 정화수를 가리키는 건 같았다. 상지수는 하늘의 물이니 양이오, 정화수는 어둠을 품고 나온 물이니 음이기 때문이었다.

물은 일단 확보된 셈이니 뒤의 내용이 더 궁금해졌다.

'진우재 선생…….'

더불어 그가 고마웠다. 자신도 모르는 사이에 사회적인 열광에 물들어가던 민규에게 장쾌한 화두를 던진 셈이다. 그게 설령 불가능하다고 해도 약선요리사로서, 3생의 능력과 필살기까지 받은 사람으로서 매진해 볼 필요가 있었다.

술잔에 남은 꼬냑을 기꺼이 비워냈다.

"기대하지요."

빈자리의 진우재를 향해 또렷하게 말했다.

8. 보관문화훈장을 타다

"보관문화훈장, 이민규!"

청와대 동쪽 별채 충무실에서 민규 이름이 호명되었다. 민규가 한 걸음 나갔다. 대통령이 훈장을 받아 목에 걸어주었다. 악수를 나누고 한 걸음 물러섰다. 옆에는 먼저 훈장을 받은 진우재가 서 있었다. 영부인과 장관이 박수를 쳐주었다. 가족으로 초청된 종규와 진우재의 부인, 딸도 박수를 쳤다. 아홉 살 딸의 얼굴에는 아빠에 대한 자부심이 가득했다.

민규와 진우재는 대통령과 함께 기념 촬영을 했다.

훈장······.

민규는 그 영광을 3전생에게 바쳤다.

영부인의 권유로 식사 초대까지 받았다. 뜻밖에도 연잎국수가 나왔다. 진한 질그릇에 담겨 나온 초록 연잎국수가 아름다웠다.

"국수 맛이 어때요? 이 셰프님."

앞자리에 앉은 대통령이 물었다.

"담백하고 개운합니다."

"다행이군요. 우리 주방장이 굉장히 긴장하더군요. 이 셰프 모실 거라고 하니까."

"별말씀을……."

"우리 여사님이 셰프님 광팬이다 보니 나도 요즘 약선과 사찰요리를 많이 접하게 되었습니다. 이제야 우리 요리 좋은 걸 알게 되었으니 대통령으로서 부끄럽습니다. 먹거리야말로 민족의 내력이자 기본적인 것인데……."

"……."

"그나저나 우리 이 셰프님이 약수의 달인이라던데 나도 어떻게 한잔 안 되겠습니까? 며칠 전에 중국 대표자들과 회담하면서 고량주가 몇 잔 돌았는데 어찌나 독하던지 아직도 숙취가 남은 거 같습니다."

"만들어 드리지요."

군말 없이 생수병을 들었다.

쪼르륵! 쪼르륵!

나누고 더하고 돌리는 등 약간의 퍼포먼스와 함께 정화수와 생숙탕을 합쳐서 주었다. 둘 다 술독을 푸는 효능이 있으니 빠른 효과를 보려는 구성이었다.

"진짜 시원하군요. 속이 뻥 뚫리는 것 같은데요?"

대통령의 위에서 폭포 소리가 났다. 숙취에 주독까지 내려간 것이다.

"이건 이따가 한 번 더 드시기 바랍니다. 그럼 개운해질 겁니다."

민규가 한 병을 추가로 내주었다.

"아무래도 훈장을 하나 더 드려야겠군요. 찜찜한 숙취를 한 방에 잡아주시니……."

"그러게 좀 격이 높은 훈장을 주시지 그랬어요?"

옆에 있던 영부인이 핀잔을 날렸다.

"그래야겠군요. 비서관, 여기 우리 이 셰프님 훈장, 1급으로 바꿔다 드리세요."

대통령의 조크가 작렬하자 식당은 웃음바다가 되었다.

"영국 왕실에 요리 초대를 받았다고요?"

웃음이 잦아들자 대통령이 물었다.

"예……."

"그렇잖아도 나도 영국 순방이 예정되어 있습니다. 미리 가서 제 홍보 좀 잘해주시기 바랍니다. 여왕과 왕세자가 정치를 하는 건 아니지만 영국인들의 정신적인 지주니까요."

"최선을 다하겠습니다."

식사는 오래 걸리지 않았다. 대통령의 스케줄 때문이었다.

"여사님, 고맙습니다."

밖으로 나와 영부인에게 감사를 전했다.

"고마운 건 나예요. 혹시라도 이 셰프님이 훈장 안 받는다고 할까 봐 노심초사했는데……."

"그럼 우리 진 선생님께 두 개를 주시면 되었겠지요."

민규가 옆에 선 진우재를 돌아보았다.

"두 분 보기 좋아요. 박세가 선생님도 두 분이 우리 민족요리의 기틀을 다질 동량이라고 기대가 크더군요."

"예……."

"그럼 살펴 가세요. 언제 초빛에 한번 갈게요."

영부인의 인사를 받으며 차를 향해 걸었다.

"이 셰프님 덕분에 청와대를 다 와보네요."

진우재가 웃었다.

"저도 마찬가지입니다."

"뒤풀이 가실 거죠?"

"그럼요. 박세가 선생님부터 해인 스님, 권병규 선생님에 광보 스님까지 오실 거 같던데……."

"그래서 미리 말씀드리는데 일본 말입니다."

"아, 알아보셨어요?"

"내일모레 월요일, 이른 비행기 어떻습니까? 셰프님 가게도 문 닫는 날이고… 그 양반 고서적상 나세바나루가 고베에 있는데 그 일대가 근간 재건축에 들어갈 모양이더라고요. 그렇게 되면 찾기 어려워질 수도 있고…….”

월요일…….

남예슬과의 약속이 있는 날이었다. 하지만 고베라면 오사카 근처. 비행시간이라야 한 시간 반이니 약속 시간 안에 한국으로 올 수 있었다. 내용의 확인 또한 오래 걸릴 일도 아니었다. 아쉬운 건 치노와 치아키. 치노의 가게가 오사카이니 한번 들렀으면 하는 생각을 하던 차였다.

“그렇게 하죠.”

“대신 비행기표는 제가 끊겠습니다. 그렇게 아세요.”

“어, 그러시면…….”

“쉬잇, 딸 앞에서 염치도 없는 아빠로 만드실 겁니까?”

“…….”

“아빠!”

뭐라고 할 사이도 없이 진우재의 딸이 달려들었다. 진우재가 딸을 안아 들고 한 바퀴 돌았다. 딸 앞에서 아빠의 자존심은 매우 중요하다. 별수 없이 신세를 지기로 했다.

뒤풀이 장소로 옮겼다. 장광 거사의 사찰요리 전문점이었다. 홍설아와 함께 행주방 고정 출연을 하면서 유명 셰프 반열에 우뚝 선 장광. 고맙게도 문까지 닫아걸고 환영식을 준비해 주었다.

“이 셰프님.”

주차장부터 환영 인파가 가득했다.

"축하해요."

첫 테이프는 김순애가 끊었다. 주용길 의원 덕분에 일찌감치 정보를 캐치한 김순애. 목화여고 여걸들을 몽땅 끌고 달려왔다. 그녀들이 내민 꽃다발은 화환을 방불케 했다. 단 하나로 민규를 묻어버린 것이다.

"셰프님!"

다음은 홍설아와 우태희, 남예슬, 배여리 등의 연예인 군단이었다.

"꽃은 무거울 테니 짐 안 되게 이걸로 드려요."

우태희가 민규 이마에 뽀뽀를 작렬했다.

"어, 그거 반칙이야. 그럼 나도 할래."

배여리가 동참하니 메이플링 6인조까지 몰려들었다.

"축하해요."

남예슬은 맨 뒤에서 꽃다발을 내밀었다. 분홍 장미에 노란 안개꽃을 섞은 꽃다발. 작지만 생생한 장미가 그녀의 마음을 대신하고 있었다.

"축하하네."

박세가가 축하를 보냈다.

"장해요."

변재순도 애정 어린 축하를 보태주었다. 길두홍 박사도 동참했고 이규태 박사도 나와주었다. 거기에 더해 방경환 지점장, 황창동 사장, 해인 스님과 광보 스님, 양경조 회장, 손병기 피디……

셀 수도 없는 사람들 중에 단연코 눈에 띄는 얼굴이 또 있었다.

"셰프님!"

배구선수 문정아였다. 180대의 키로 소속 배구단 선수들과 함께 서 있으니 아름다운 장벽이 따로 없었다.

"어, 어떻게 알고 왔어요?"

"셰프님 일을 왜 몰라요. 얘들아!"

문정아가 신호를 보내자 배구선수들이 우르르 달려들었다.

"와아!"

그녀들은 강스파이크를 치듯 민규를 하늘로 날려 버렸다. 어마무시한 헹가래였다.

"훈장, 축하드려요. 그리고 저도 상 받았어요."

문정아가 핸드폰에 있는 사진을 보여주었다. 얼마 전에 끝난 대회의 라이징스타상 수상 장면이었다. 실의를 딛고 우뚝 선 그녀. 정말이지 대견해 보였다.

"상을 자랑질하려고 셰프님 식당 한번 쳐들어가려고 했는데 훈장을 받으신다잖아요? 뒤풀이는 공짜라기에 옳다구나 싶어서 친구들 싹 끌고 왔어요. 우리가 먹성이 좀 되는데 셰프님 빽으로 참석해도 될까요?"

문정아가 너스레를 떨었다. 왜 안 될까? 사재라도 털어서 먹이고 싶은 마음이었다.

"셰프님, 축하합니다."

다음 차례는 차미람과 명기훈, 그리고 후배들이었다. 십시일반으로 모은 돈으로 산 소박한 꽃다발을 받았다. 그 또한 고마울 뿐이었다.

마지막은 초빛 가족들과 이모 부부, 차만술 등등이었다.

"민규야."

이모 눈은 벌써 젖어 있었다.

"좋은 날 왜 우세요?"

"좋으니까 울지. 너무 꿈만 같아서……."

"꿈치고는 너무 길지 않아요?"

"그래. 그래서 너무 좋아. 꿈이라도 이렇게 오래만 가주면……."

이모가 민규 품에 안겼다.

"네 엄마 꿈을 꾸었어. 이거 대신 좀 주라고 하더라."

이모가 내민 건 하얀 카라꽃이었다. 살아생전 엄마가 좋아하던 꽃. 아버지가 청혼할 때 사준 꽃이었단다. 이름도 모르던 그 꽃을 받아 들고 덜컥 수락을 해버렸단다. 그 후로 장대한 카라꽃은 엄마의 인생 꽃이 되어버렸다. 알면서도 엄마 생전에 단 한 번도 선물하지 못한 민규. 어려서 그랬다지만 이제와 생각하면 참 무심했다. 그깟 카라꽃 한 송이가 얼마나 한다고······.

민규 눈에도 이슬이 맺혀 버렸다.

"뭐야? 국대 셰프가 꽃 한 송이에 우는 거야?"

종규가 핀잔을 날렸다. 그러는 이 녀석도 목소리가 잠겼다. 종규라고 카라꽃의 사연을 모르지 않기 때문이었다.

"들어들 가요. 다들 기다리세요."

황 할머니의 꽃까지 받아 들고는 목소리를 높였다. 더 있다가는 카라의 추억 어린 향에 취해 버릴 것만 같았다.

짝짝짝!

박수와 함께 민규가 들어섰다. 홀과 내실은 만원이었다. 민규와 진우재를 축하하기 위해 달려와 준 사람들. 허리를 반으로 접어 꾸벅 인사부터 올렸다.

"그럼 지금부터 이민규 셰프님, 진우재 선생님의 훈장 축하 먹방을 시작하겠습니다. 마음껏 흡입해 주시면 비용은 이민규 셰프님께서 지불하시겠습니다."

홍설아의 유쾌한 멘트와 함께 뒤풀이가 시작되었다.

"축하하네."

옆에 앉은 박세가가 또 한 번의 치하를 건넸다.

"선생님 덕분입니다."

"천만에, 이 셰프 덕분이지. 궁중요리 하는 사람들에게 큰 그림을 보여주고 있지 않나? 혼자만 잘되려던 나하고는 천양지차야."

"별말씀을……"

"한 잔 받으시게. 받고 앞으로도 궁중요리를 위해 진력해 주시게나."

"부족하지만 계속 정진하겠습니다."

민규가 답했다.

그때 종업원 하나가 다가와 민규에게 귀엣말을 전했다. 그녀가 두고 간 건 두 개의 봉투였다.

"여러분, 영부인과 문화부 장관님께서 뒤풀이 금일봉을 전해왔습니다."

민규가 낭보를 알렸다.

"와아아!"

실내는 함성의 도가니가 되었다.

"재주는 곰이 넘고 돈은 왕 서방이 번다고 훈장은 제가 타고 장광 거사님 거덜 내고 가나 싶었는데 이제 마음껏 드시고 진짜 거덜을 내셔도 되겠습니다."

민규가 너스레를 떨자 장내는 웃음바다가 되었다. 이럴 때는 꼭 튀는 사람이 있게 마련. 홍설아가 그 악역(?)을 맡아주었다.

"거덜 내려면 셰프님의 약수가 필요해요. 식욕 당기는 약수요."

"와아아!"

그녀 옆의 연예인들이 지원 박수를 난사해 주었다.

"문제없지요. 멋진 식사에 전채는 필수니까요."

기꺼이 그 청을 받았다. 종규와 재희, 차미람 등이 일어나 보조를 해주었다. 요수를 쫙 돌린 것이다. 그렇게 축하연이 시작되었다. 좋은 사람들과 함께 하는 좋은 자리. 시간 가는 줄 모르고 깊어갔다.

"그럼 공항에서 봐요."

거나하게 취한 진우재가 손을 내밀었다. 그 손을 잡아주고는 딸과 눈높이를 맞추었다. 훈장은 그 딸의 목에 걸려 있었다.

"명혜?"

"네, 진명혜예요."

"네 아빠는 정말 멋진 분이야. 너도 알지?"

"네."

야무지게 답하는 명혜의 눈 속에 자부심이 가득했다.

진우재를 보냈다. 김순애가 가고 방경환도 가고 양경조도 떠나갔다. 이모부 부부까지 떠나자 남은 건 초빛 가족들뿐이었다.

"형."

아까부터 똥 싼 바지라도 입은 것처럼 삐쭉거리던 종규가 입을 열었다.

"왜? 체했냐?"

"그게 아니고……."

종규가 내민 건 봉투였다. 하나둘도 아니었다.

"웬 봉투?"

"오신 분들이 형에게 주라고……."

"뭐야?"

"안 받으려고 했는데 거의 강제로……."

"아, 진짜……."

알딸딸하던 술이 확 깨어버렸다. 한두 푼씩 든 돈도 아니었다. 양경조의 1천만 원부터 김순애의 500만 원, 문정아의 50만 원, 김혜자 간사의 5만 원까지 들었던 것.

기왕에 받은 돈이니 일일이 돌려줄 수도 없는 일. 하지만 괜찮은 방법이 남아 있었다. 초록초록 재단에서 온 김혜자 간사의 똥차가 나오고 있었던 것.

"간사님."

민규가 차를 막아섰다.

"이거 훈장 축하금인데요. 가져가셔서 어려운 아이들에게 써주세요."

"어머, 안 돼요. 그 뜻깊은 돈을 제가 어떻게……."

"그러니까 드리는 거지요. 아이들에게 쓰는 것보다 더 뜻깊은 게 어디 있겠어요."

"셰프님… 그 봉투 중에는 제가 드린 것도 있는데……."

"그래서 드리는 거예요. 간사님에게 경고도 드릴 겸."

"경고요?"

"제가 기부하는 거 비밀로 해달라고 했는데 누설하셨죠?"

"그건 부득이……."

"그리고 오늘 봉투는 왜 내십니까? 5만 원이면 굶주리는 아이들 밥이 몇 끼라고 하셨죠?"

"셰프님……."

"제 마음속에 5억 같은 5만 원으로 간직했으니까 가져가셔서 5억처럼 써주세요. 다른 돈도 함께요. 아마 그거 주신 분들도 다 좋아할 겁니다."

"셰프님."

"빨리 가세요. 저도 피곤하거든요."

"셰프님은 정말……."

김혜자의 젖은 눈은 보지 않았다. 똥차는 하얀 매연을 뿜어내며 멀어졌다. 악취 가득한 매연조차 올림픽 개막식 축하 연기처럼 보이는 날. 기부를 하고 나니 마무리까지 완벽했다.

민규네가 떠난 자리에 두 개의 그림자가 피어올랐다. 환생 메신저와 전생 메신저였다.

[허어!]

환생 메신저가 고개를 갸웃거렸다.

[심상치 않지?]

전생 메신저도 다소 심각한 표정.

[그러게.]

[역시 여의주 세 개 소유자는 다르네. 대충 넘어가나 싶더니 진우재를 알아보았어.]

[너무 질러가지 마. 아직은 아직이니까.]

[하지만…….]

[쉬잇, 자칫 저승 메신저들이 들으면 괜한 오해를 살지도 몰라.]

[그게 대수야? 그거야 경고 한 번 받으면 되지만 지금 10세기에 한 번 나올까 말까 한 궁극의 약선이 나올 수도 있는 판인데?]

[어려울걸?]

[육천기를 만들어낸 친구야. 탐구심에 인내심까지 신묘하니 가능성이…….]

전생 메신저가 확률 계산기를 두드리기 시작했다.

[히익!]

그러고는 화들짝 놀라는 전생 메신저.

[확률이 어떻게 나왔어?]

[무려 28%!]

[정말? 엄청난 확률이네? 지금까지 5%를 넘긴 인간이 없는데? 이쪽 한국 땅에서는 난다 긴다 하는 명의들도 3.8%가 최고였잖아?]

[누가 아니래?]

[흐음… 28%라… 하지만 달리 보면 72% 불가능이니까…….]

[이봐. 이건 10세기 동안의 최고 확률이라고. 10%만 넘으면 시스템도 장담 못 해. 이런 유의 인간들은 보통 사람이 생각하는 10%의 가능성과 다르다고. 꽂히면 치열하게 파고드니까.]

[알았으니까 계산 기록이나 지워. 저승 쪽 파트에서 알면 업무 협조 안 했다고 난장 칠지 몰라. 궁극의 약선이 나오면 그 친구들에게는 좋을 게 없잖아?]

그건 맞는 말이었다. 저승 파트는 죽은 사람을 거두어 가는 역할을 맡는다. 그런데 죽은 사람이 살아나면 업무가 복잡해질 수 있었다.

환생 메신저가 고개를 들었다. 그 허공에 민규 모습이 투영되고 있었다. 초빛이었다. 샤워를 마치고 또 책상이다. 불사의 약과 불로초 자료를 찾고 있다. 인간 땅에서 최고 영광의 하나인 훈장을 받은 날. 하루쯤 허투루 취해 주변에 바글거리는 미녀를 품고 육욕을 탐닉할 만도 하지만 그러지 않았다.

이 인간……

환생 메신저도 긴장이 되었다. 전생 메신저에게는 내색하지 않았다.

9. 찢겨 나간 내용을 알아내라

"……!"

오사카행 게이트 앞에서 민규가 소스라쳤다. 진우재가 1등석이나 프리스티지, 모닝캄 등이 우선 탑승하는 줄 쪽으로 팔을 당긴 것이다.

"선생님……."

"1등석은 아니고요. 프리스티지로 끊었습니다."

진우재가 머쓱하게 웃었다.

"오사카면 일반석으로 가도 되는데……."

"국민 셰프 아니십니까? 예의가 아니죠."

"하긴 선생님도 국대 고요리 전문가시니……."

흔쾌히 인심을 받아들였다. 어차피 벌어진 일이니 그게 좋다고 판단했다.

"오사카 가보셨습니까?"

자리를 잡은 후에 진우재가 물었다. 그는 창가 쪽이었다.

"오사카는… 아직입니다."

"오사카는 먹거리가 유명한 곳이죠. 저는 시모노세키와 오키나와에 더불어 몇 번 가보았습니다."

"저도 아는 사람이 있기는 합니다. 치노라고 저를 찾아왔던 분인데 개인 요리점을 하고 계시죠."

"치노… 그 정밀요리를 하는 치노 말입니까?"

"어? 아세요?"

"그럼요. 일본요리의 레전드로 불리는 한 사람 아닙니까? 보퀴즈도르의 금메달을 일본에 안겨준 사람."

"진짜 아시네요?"

"오래전에 보고 나중에 갔을 때는 지명 손님만 받고 있던데 지금은 어떨지 모르겠네요."

"지금은 정규 오픈입니다."

"오, 역시 절정의 셰프들끼리는 통하시는군요. 그럼 일이 일찍 끝나면 한번 들러서 단품이라도 맛을 볼까요? 가게가 아주 독특하거든요."

"그랬으면 좋겠네요."

민규가 답했다.

치노…….

치아키와 함께 떠올랐다. 연락 없이 그냥 찾아가 볼 생각이었다. 연락을 하면 서로가 번거롭게 되니까…….

비행기에서는 작은 에피소드가 있었다. 앞쪽에 탑승한 일본 어린아이가 기내식을 먹다 체한 것. 생숙탕을 소환해 승무원에게 건네주었다. 그녀가 주저하자 진우재가 민규를 띄워놓았다.

"약선요리 전문가 이민규 셰프님이세요."

승무원 중 한 명이 민규를 알아보았다. 물을 가져다 아이에게 먹이니 트림과 함께 체기가 내려갔다.

"아리가또!"

아이가 다가와 배꼽 인사를 했다.

오사카는 멀지 않았다. 기내식을 먹고 몇 가지 의견을 나누다 보니 어느새 착륙 방송이 나왔다. 가깝고도 먼 나라라는 말이 실감나는 순간이었다.

"렌트를 안 했는데, 기차로 괜찮겠습니까?"

입국장으로 나오자 진우재가 물었다.

"그럼요."

민규가 답했다. 진우재는 JR 패스를 두 장 끊었다.

고베는 멀지 않았다. 창밖으로 스쳐 가는 일본 풍경을 보며 목적 속으로 들어갔다.

불로초와 불사 약선요리.

과연 어떤 식재료가 적혀 있을까?

과연 어떤 레시피가 있는 걸까?

그리고…….

그것들을 보게 되면, 나는 과연 그걸 재현할 수 있을까?

모양이 아니라 효험을?

생각하는 사이에 목적지에 닿았다. 진우재가 눈짓을 했다. 그를 따라 내렸다. 기차역에서 택시를 잡았다. 항구를 끼고 10분쯤 달리자 오래된 거리가 나왔다. 화과자를 파는 상가가 있고 검은빛의 목조건물도 몇 보였다.

"여기입니다."

[나세바나루]

암황색 빛이 도는 목조건물 서점 앞에 진우재가 섰다. 단층으로 된 건물은 평안한 느낌이 들었다. 건물과 건물 사이에는 검은빛을 띤 벚나무가 서 있다. 몇백 년을 묵었는지 어른 몇 사람이 팔을 이어야 안을 것 같았다.

"언젠가 봄에 한 번 왔는데 장관이었습니다. 밤이었거든요. 하필이면 주인장이 고서적 매입을 위해 도쿄로 간 날이라 몇 시간 기다리다 돌아갔는데 혼자 서 있던 저를 위로하듯 휘날리던 벚꽃의 우수가 그만이었지요. 아직도 생각이 나네요."

진우재가 무성한 가지를 올려다보며 말했다.

"혹시 그때 맛있는 냄새는 없었습니까?"

민규가 물었다. 저만치서 풍기고 있는 화과자의 달콤함 때문이었다. 환상처럼 쏟아지는 벚꽃의 군무. 거기 화과자의 달콤함이 깃든다면 화과자가 쏟아지는 착각이 들 것만 같았다.

"그렇군요. 화과자점은 그때도 있었는데 저는 몰랐습니다. 역시 요리하시는 분이라 다르네요."

빙긋 웃어준 진우재가 유리문을 열었다. 그는 목적을 잊지 않고 있었다.

"이랏샤이마세."

20대로 보이는 여자 점원이 민규와 진우재를 맞이했다. 고서점 안에는 아무도 없었다. 그러나 썰렁하지 않았다. 고서적의 중요성을 아는 민규이기에 그랬다. 지금은 사라진 숨결의 저자들. 그러나 그들이 기록한 책으로 인해 보지 못했던 과거의 일을 알게 되는 우리들… 그렇기에 책에 깃든 저자들의 숨결이 느껴지는 것 같았다.

"코하루 선생님을 뵈러 왔습니다만."

진우재가 일본어로 물었다.

"어머, 선생님은 지금 안 계신데……."

"멀리 가셨나요?"

"네, 오늘은 오지 않으실 겁니다."

"……!"

점원의 말에 민규와 진우재가 동시에 반응을 했다.

"아, 낭패로군요. 우리는 한국에서 왔습니다. 선생님을 꼭 뵈어야 하는데……."

"어머, 한국에서요?"

"혹시 연락이 좀 안 될까요?"

"안 돼요. 선생님은 이제 핸드폰도 쓰지 않으시거든요."

"그럼 댁은?"

"여기가 댁이에요."

"……"

"연락처를 남기고 가시면 제가 전해 드릴게요."

"정말 연락할 방법이 없는 겁니까? 아니면 가실 만한 데라도……."

"요즘 몸이 안 좋으셔서 온천도 가시고 절에도 가시고 때로는 배도 타시고… 더러는 금세 돌아오기도 하지만 며칠씩 가게를 비울 때도 있어요."

"……"

"그럼 죄송합니다."

점원은 꾸벅 인사를 남기고 돌아섰다. 그런 다음 책장의 먼지를 닦기 시작했다. 뽀득뽀득, 유리 닦는 소리가 고서점의 침묵을 밀어냈다. 창가 책상은 코하루의 것 같았다. 낡은 모자가 걸려 있고 다기가 보였다. 다기 옆에 놓인 차통에서 영지와 작설차 냄새가 났다.

"우리 사장님이 차 마니아세요."

민규가 관심을 보이자 여점원이 어깨를 으쓱해 보였다.

"허, 참."

밖으로 나온 진우재가 고개를 저었다. 교토에 사는 지인에게 전화를 해보지만 그렇고 뾰족수가 있을 리 없었다.

"아직 영업은 하고 있습니다."

그가 해준 확인이었다. 그래서 날아온 진우재. 지인이라고 코하루의 일정을 꿰고 있을 리도 없었다.

"어쩌죠?"

진우재가 넋두리처럼 중얼거렸다.

"기왕 이렇게 된 거 오사카나 가시죠. 치노의 식당에서 맛난 요리를 점심으로 먹으며 기분 전환, 어때요?"

민규가 분위기 반전에 들어갔다. 기다린다고 올 리도 없는 주인장. 며칠 여정으로 찾아온 것도 아니니 방향을 트는 게 현명했다.

"죄송하지만 한 시간만……."

기다려 보죠?

진우재의 미련이었다. 민규에 대한 미안함에 더불어 여기까지 온 데 대한 집착이기도 했다.

"그럼 이리 오세요. 기왕이면 먹으면서 기다리자고요."

민규 손이 진우재를 화과자점으로 끌었다.

"……!"

화과자는 확실히 기분 전환이 되었다. 환상적인 자태들 때문이었다. 민규의 양갱이, 민규의 다식이, 민규의 화전이 거기 있었다. 모양도 재료도 다르지만 다 그런 느낌들이었다. 꽃밭, 두 남자가 거기에 뛰어든 것이다.

공부가 되었다. 몇 가지는 플레이팅에 응용하면 요리의 품격을 높일 것 같았다. 사진을 찍어 종규에게 보냈다. 종규에게도 재희에게도, 공부가 되기를 바랐다.

"아직도 안 가셨어요? 선생님은 오늘 오시지 않는다니까요."

다시 들른 고서점, 점원이 안타까운 표정을 지었다.

"그럼 이런 사람이 다녀갔다는 말을 좀 전해주십시오."

진우재가 명함을 건네주었다. 미련이 접히는 순간이었다.

"고맙습니다."

벚꽃나무 아래를 걸으며 민규가 말했다.

"뭐가요? 저는 셰프님 뵐 면목이 없는데……."

"화과자 말입니다. 덕분에 좋은 공부가 되었어요. 게다가 오사카에서 치노까지 만나게 되면… 저로서는 비행기값은 뽑고도 남을 일입니다."

"허얼!"

"그러니 가시죠. 원래 영물은 주인이 있다지 않습니까? 기사회생 요리법이라는 거, 우리가 주인이라면 어떻게든 만나게 될 겁니다."

여전히 고서점을 돌아보는 진우재의 등을 민규가 밀었다.

　　　　*　　　　　*　　　　　*

　헛발질은 한 번으로 족했다. 다행히도 오사카의 치노는 만날 수 있었다.

　"오빠, 누가 왔나 한번 보세요!"

　민규가 들어서자 치아키가 비명부터 질렀다. 정겨운 품격이 좌르르 흐르는 치노의 식당. 요리를 즐기던 손님들이 돌아볼 정도로 큰 소리였다.

　"왜? 우리 수상님이라도 오셨… 이 셰프!"

　주방에서 나오던 치노도 비명으로 인사를 했다.

　"안녕하세요?"

　민규의 언어도 일본어로 바뀌었다.

　"어쩐 일입니까? 정말 이 셰프님 맞습니까?"

　치노는 반색에 반색을 거듭했다.

　"그럼요. 볼일이 있어서 왔다가 잠깐 들렀습니다."

　"히야, 정말 잘 왔습니다. 치아키, 뭐 하나? VIP룸으로 모시지 않고."

　"VIP룸은 그분이 와계시잖아요."

　"아, 그렇지. 그럼 쯔쯔시 룸. 거긴 비었지?"

　치노가 서둘렀다. 쯔쯔시는 진달래라는 뜻이었다.

　"들어가세요."

치아키가 내실 문을 열어주었다. 여섯 명이 앉을 수 있게 단장된 방은 평안하기 그지없었다. 현대와 고풍이 적절하게 조화를 이룬 곳. 좋은 식당은 요리만 유명한 게 아니라는 걸 알게 하는 장식이었다.

"실장님, 아게다시도후 나와야 할 차례입니다."

여자 점원이 다가와 메뉴를 상기시켰다.

"치아키, 네가 가서 마무리해라. 어서."

치노가 치아키 등을 밀었다. 치노는 정말이지 국빈이라도 대하는 듯 반가운 표정이었다.

"쳇, 미안하지만 이 셰프는 내가 먼저 알았거든요. 그러니 오빠가 마무리해요. 게다가 오빠의 오더잖아요."

"치아키."

"안 그래요? 이 셰프님?"

"네? 아……."

"좋다. 정 그렇다면, 이 셰프님, 여기 누구 보러 온 겁니까? 저 치노입니까? 아니면 여기 치아키입니까?"

치노가 난감한 승부구를 던졌다.

"그렇게 물으시면 제가 주방으로 가야겠군요. 두 분 사이가 곤란해지면 안 되니까……."

조크를 방패로 삼은 민규가 일어나는 시늉을 했다.

"아이쿠야, 그러시면 안 되죠. 제가 마무리하고 올 테니 잠깐만 기다려 주십시오."

결국 치노가 일어났다. 승자는 치아키가 된 셈이었다.

"우리 오빠가 저렇다니까요. 츤데레면서도 누구한테 한번 꽂히면 정신 줄을 놓아요. 그런데 오늘은 참 묘한 날이네. 먼 곳의 손님들이 한 번에 찾아오시니……."

치아키가 웃었다.

"두 실력파가 함께 버티고 있으니 후광이 나는 것 같네요. 식당 냄새부터 깔끔하고 공간 배치도 평안하고……."

"후광은요? 맨날 다툰다니까요. 우리 스승님, 아니, 오빠는 이제 감이 떨어졌어요. 요리라는 게 새로운 맛을 찾아야 하는데 자꾸 과거로만 가려고 하니……."

"그래서 두 분의 매치가 더 빛나는 거 아닙니까? 과거의 소중한 맛을 끌어내는 치노와 미래지향적인 치아키의 시너지……."

"대가의 여유인가요? 우린 날마다 전쟁터인데……."

"요리사는 자신의 식당이 손님들로 전쟁터가 될 때 가장 행복한 거 아닌가요? 진짜 전쟁터에는 피가 튀지만 이 전쟁터에는 행복한 맛이 가득하니까요."

"그쯤 하시고 메뉴나 정하세요. 뭘로 준비해 드릴까요? 메뉴에 없는 것도 가능해요. 이 셰프님이시니……."

치아키가 전권을 쥐어주었다. 민규는 그 전권을 진우재에게 양보했다. 진우재는 가이세키(懷石)와 꽃만두 슈마이를 신청했다.

"혹시 가이세키와 가이세키요리의 차이를 아시는지요?"

치아키가 진우재에게 물었다.

"가이세키(会席)는 술을 위해 먹는 요리지만 가이세키(懷石)는 차를 위해 나오는 요리가 아닙니까? 최고의 셰프가 요리하는 곳이라니 술로 망친 혀로 즐기고 싶지 않아서요."

진우재의 설명은 정확했으니 치아키는 입을 다물고 말았다.

"한국 고요리의 최고 전문가시거든요. 저는 요리사들 편이니 괜찮지만 두 분은 긴장 좀 해야 할 겁니다."

민규가 넌지시 진우재를 띄웠다.

"오빠에게 전해 드리죠. 정신 바짝 차리시라고. 이 가게 대표는 오빠니까요."

그때 옆방에서 손님이 부르는 소리가 들렸다. 두 번을 불렀지만 점원들은 대답하지 않았다.

"어머, VIP룸이면 코하루 님이신데 다들 응대를 안 하네. 잠깐만요."

치아키가 일어섰다. 좋은 식당은 점원을 두 번 부르게 두지 않는다.

"셰프님 덕분에 위로가 되네요. 여기도 저 혼자라면 내실을 못 받았을 것 같은데……."

진우재가 웃었다. 굳었던 표정이 조금 풀려 있었다.

"다행이네요. 기왕 이렇게 된 거 목표를 바꾸죠. 고서적이 아니라 맛집 기행으로."

"그거 괜찮은 제안인데요? 코하루는 기왕 물 건너… 응?"

대답하던 진우재의 눈빛이 툭 떨어졌다.

"왜요?"

"방금 여기 셰프께서 한 말……."

"치아키요?"

그사이에 치아키가 돌아왔다.

"저기요, 셰프님."

진우재가 치아키를 바라보았다.

"네?"

"방금 나가면서 코하루 님이라고 하지 않았습니까?"

"그랬습니다만."

"혹시… 혹시 고베에서 고서적상을 하시는 그 코하루 님 아닙니까?"

"어머, 맞는데요?"

"예?"

이번에는 민규의 눈빛까지 맹렬하게 튕겨 올랐다.

고서적상 코하루.

이 무슨 운명일까? 포기하고 치노의 맛집을 위로로 삼으려던 민규와 진우재였다. 비우면 채워진다더니 뜻밖에도 그를 찾아낸 것이다.

코하루는 치노의 단골이었다. 치노의 가게가 정규 오픈을 하지 않을 때도 간간이 들렀다. 그에게는 고서적과 함께 치노의 요리가 삶의 환희이기도 했었다.

'고서적은 가져갈 수 없지만 요리는 배에 담아 가면 되지.'

그의 미식론이었다고 한다.

"세상에, 그게 그렇게 된 거란 말입니까?"

가이세키를 내온 치노가 경악을 했다. 오사카와 고베는 그리 멀지 않다. 그러나 한국에서 온 손님이 오사카에게 코하루를 만날 확률은 거의 없었다. 게다가 사전 약속도 없던 터였다.

"이거야 원, 코하루 님도 가이세키를 시켰는데……."

치노가 혀를 내둘렀다. 민규네와 다른 점은 그의 가이세키는 술을 마시기 위한 가이세키(会席)라는 것뿐이었다.

"죄송하지만 다리를 좀 놔주실 수 있습니까?"

진우재가 간청을 올렸다.

"안 됩니다."

치노는 고개를 저었다. 그 또한 뜻밖이었다.

"치노……."

민규가 그를 바라보았다. 그러자 치노가 웃으며 뒷말을 이었다.

"일단 요리부터 드십시오. 마음이 다른 곳에 가 있으면 천하일미도 맛이 떨어진다죠. 그렇잖아도 부담스러운 이 셰프님이 오셨는데 제 첫 요리의 기억이 나쁘기를 바라지 않습니다."

"아……."

"아셨죠? 코하루 님은 제 단골이시고 혼자서 술을 즐기고 계시니 금세 가지 않을 겁니다. 저를 믿으시고 요리에 집중!"

"알겠습니다."

민규가 콜을 날렸다. 치노의 말이 백번 옳았다.

첫 주자로 전채 젠사이가 나왔다.

—우니아게.

—해삼젓갈.

—성게알을 씌운 간 마.

—참치알찜.

—생새우살.

민규 때문인지 구성이 많았다. 색깔도 오색을 맞춰 궁중요리 포스였다. 맛? 한마디로 작살 대박이었다. 산해진미를 축소한 딱 한 수저씩의 분량. 오감에 몸서리의 쓰나미를 일으킬 정도였다.

"어떠십니까?"

치노가 소감을 물었다.

"아주 몸살이 나는데요? 오미가 애절하니 치노에게 저주를 퍼부을 정도입니다. 감칠을 제대로 건드려 주어서요."

"저는 이 셰프님 앞이라 좀 그렇지만 아주 그냥 녹여주네요."

민규와 진우재의 평은 최상이었다. 입에 발린 말이 아니었다.

"다행이군요. 그렇잖아도 오늘 새벽 장에서 좋은 재료를 여럿 만났습니다. 그래서 오늘 요리가 특별한 겁니다. 제가 잘하는 건 아니죠."

치노는 겸손했다. 하지만 민규는 알고 있었다. 그의 전채에는 정밀함이 녹아 있었다. 맛난 부위에서 우린 재료를 더해 맛에 기폭제를 달아놓은 것. 요리의 성분을 분석할 줄 안다는 건 하나의 축복이 분명했다.

"그럼 이제 본격적으로 달려볼까요?"

치노가 기분 좋게 일어섰다. 치아키도 그 뒤를 따랐다. 요리가 이어지기 시작했다. 최고의 사시미가 들어오고 초절임요리들이 나왔다. 산과 들, 바다의 식재료가 한 접시에 담기고 그 안에는 오미가 연출되었다. 오미는 명백했다. 각각의 맛을 대표하면서도 본연의 재료 맛을 살린 역작이었다.

마무리는 계절 과일이 맡았다. 과일 또한 그냥 나오지 않았으니 마치 조각을 하듯 멋을 부린 위에 다른 과일의 과즙을 올려 다양성을 충족시켰다. 정말이지 고베의 일을 감쪽같이 망각하게 만드는 맛의 성찬이었다.

"하아, 마치 속세를 잠시 떠난 듯한 만찬이었습니다."

진우재의 만족도는 별 다섯이었다.

"저는 아직도 선계에 있는 듯합니다만."

민규 역시 별 다섯에 완전 공감.

"그럼 이제 현실로 돌아갈까요?"

치노가 미닫이문을 가리켰다. 치아키가 문을 열었고 치노가 VIP룸 앞에 섰다.

"코하루 선생님, 치노입니다."

잠시 후 치노가 들어갔다. 시간은 오래 걸리지 않았다. 그래도 민규와 진우재에게는 오랜 시간이었다. 꿀꺽, 둘은 동시에 마른침을 넘겼다. 그 소리가 일치하자 둘이 웃어버렸다.

드륵!

다시 문이 열렸다.

"들어오시랍니다."

치노의 목소리는 천국의 안내 멘트처럼 들렸다.

"한국이라……."

진우재를 본 코하루가 잠시 생각에 잠겼다. 80줄에 들어선 노장. 멀어진 옛 기억을 부르는 모양이었다. 그는 사케 잔을 앞에 놓고 있었다. 푸른색이 돌았다. 물고기의 쓸개즙을 탄 잔이었다. 그 옆에 놓인 차는 영지에 작설차 냄새가 났다. 병을 보니 치노가 제공한 건 아니다. 그렇다면 코하루의 개인 차통이다. 이 차는 고서점에서도 보았다.

'중독이군.'

민규 눈이 반짝 빛났다.

뒤쪽 벽에는 지팡이가 보였다. 지팡이를 짚는다는 것. 다리가 약하다는 의미이기도 했다.

"기억에 없는데?"

코하루가 고개를 들었다. 무심한 표정이었다.

"8년 전입니다. 이 책, 제가 교토의 고서점에서 찾은 것인데 선생님 서점에 들렀더니 이 필사본의 원본을 가지고 있다고 하셨습니다."

진우재가 궁중구방을 꺼내 보였다. 코하루의 시선이 옮겨왔다.

"그래서?"

코하루가 반응을 보였다. 부정하는 건 아니니 그 책의 존재를 알고 있는 것이다.

"여기 보시면… 여기 말입니다. 여기 뜯겨 나간 부분… 가지고 계신 책이 완전하다면 이 부분을 잠깐만 보게 해주시면 고맙겠습니다."

"기사회생요리방?"

"그렇습니다."

"이제 생각이 나는군. 당신, 한국의 고조리 연구를 한다고 했었나?"

"그렇습니다."

"그렇다면 진짜 '니세모노'로군."

코하루가 냉소를 뿜었다. 니세모노는 가짜라는 일본어였다.

"가짜라고요?"

"그렇지 않은가? 우선은 그 책이 니세모노라네. 누군가 마음대로 휘갈겨 적은 것이 아닌가?"

"……."

"게다가 기사회생요리라니… 매우 황당하고……."

"저도 그렇게 생각했습니다. 여기 이 셰프님을 만나기 전까지는요."

진우재가 민규를 가리켰다.

"셰프? 당신도 요리를 하나?"

코하루가 민규에게 물었다.

"한국 최고의 약선요리사이십니다. 저하고 치아키를 합쳐도 넘볼 수 없는……."

설명은 치노가 해주었다.

"아, 치노에게 대오각성을 안겨주었다는?"

"그렇습니다."

"하지만, 겉보기에는 애송이에 불과한데?"

심드렁하게 대꾸한 코하루가 사케 잔을 집어 들었다. 민규의 입이 열린 건 그때였다.

"마시지 마십시오."

"뭐라고?"

코하루가 고개를 들었다. 살짝 날이 선 눈빛이었다.

"선생님 몸에 해로운 술입니다."

민규가 답했다.

"해롭다니? 사케는 내 친구이자 위안이야."

"전에는 그랬겠지요. 더구나 그 술에는 쓸개즙까지 들었습니다."

"아는군. 이 쓸개는 대물 방어의 것이라네. 술과 마시면 몸의 잡스러운 것을 씻어내 주지. 이건 요리사들도 잘 모르는 비방이야."

"보아하니 쓴맛 중독이라 선생님에게는 비수입니다."

"뭐라고?"

"몸이 엉망이시군요. 손과 발에는 열이 있어 밤낮으로 손바닥과 발바닥이 화끈거리고 기력이 떨어져 아랫배에 송곳으로 찌르는 듯한 통증이 반복되니 분돈산기요, 폐까지 약해져 피부는 건조해지고 물고기 비늘 같은 버짐이 우수수 쏟아집니다. 나아가 하얀 변색까지 일고 있으니 백전풍(白癜風)까지 왔습니다. 백전풍은 폐가 약함이니 폐를 치는 쓴맛은 곧 화극금이라, 조금 더 진전해 털이 부스러질 지경에 이르면 죽을 수도 있습니다."

"……?"

민규의 저격 진단에 코하루 미간이 확 일그러졌다. 난생처음 보는 한국인. 피부 문제는 누구든 알 수도 있었다. 군데군데 핀 버짐 때문이었다. 그러나 손발의 열과 아랫배의 통증은…….

코하루가 가만히 치노를 바라보았다. 치노는 고갯짓으로 부정을 했다. 그건 코하루도 알고 있었다. 치노는 손님의 문제를 함부로 발설하지 않는다.

"의사인가?"

코하루가 매운 시선으로 물었다.

"약선요리사입니다. 궁중요리도 하고 있지요."

"약선요리사?"

"이분이 그분입니다. 우리 치아키가 러시아에 초빙되어 갔던 일 아시죠? 그걸 해결한 게 바로 이분입니다."

치노의 설명이 따라붙었다.

"제법이군. 손도 안 대고 내 문제를 알아내다니……."

코하루가 다시 잔을 잡았다.

"마시면 안 됩니다."

민규가 경고를 했지만 코하루는 잔을 비워냈다. 안주는 쑥튀김이다. 그 또한 쓴맛이었다.

"안 된다. 하지 마라. 먹지 마라. 그런 말은 지긋지긋하게 들었네. 그건 아주 쉬운 말이지. 자네가 내 병을 책임질 게 아니라면 참견하지 말게나. 어차피 한 세상이 아닌가? 남은 인생이 얼마나 된다고……."

"그 내용을 보여주시면 책임져 드릴 수 있습니다."

민규가 카리스마를 뿜었다. 조금 전의 말투와는 달리 확연히 힘이 들어가 있었다.

"책임을 진다고? 어떻게?"

"책임지면 보여주시겠습니까?"

"젊은 친구가 결기가 지나치군. 일본의 의학으로도 해결하지 못한 일이야. 그런데 고작 한국의 요리사가?"

코하루가 목소리를 높였다.

"선생님은 지금 왜 사케에 쓸개즙을 마시고 있습니까? 왠지 몸에 도움이 될 것 같다고 생각되어 그런 것 아닙니까?"

"……?"

정곡을 찔린 코하루가 입을 다물었다.

"약속만 하십시오. 그럼 이 자리에서 당신의 애로를 모두 날려 드리겠습니다."

"내 애로를 전부?"

"그렇습니다. 사지의 열을 시작으로 아랫배를 찌르는 통증, 나아가 버짐이 비처럼 쏟아지는 색택증까지. 아, 이제 보니 다리에도 힘이 없어 후들거리기 일쑤죠? 그건 보너스로 잡아드리겠습니다."

"……"

"합의가 된 겁니까?"

"뭐 그렇게만 된다면야……."

"그럼 시작하지요."

민규가 테이블에 앉았다. 빈 잔 두 개를 들고 생수를 부었다. 컵에 주문이라도 거는 듯 신중한 모습으로 코하루의 관심을 끌었다. 정화수의 소환이었다. 정화수는 음을 보한다. 손과 발이 화끈거리는 건 음기가 부족한 병. 정화수 소환이야

일도 아니었지만 신뢰감을 더하기 위해 마법사에 버금가는 퍼포먼스를 입혔다.

"합!"

끝내는 기합까지 더했으니 두 눈 가득한 코하루의 의심을 없애기 위한 방편이었다.

"드시지요. 손발의 작열감부터 시작합니다."

민규가 정화수를 내밀었다. 물을 받아 든 코하루, 민규를 노려보더니 물을 한 모금 들이켰다. 코하루의 체질은 金형. 쓴맛을 즐겨 폐장이 상했다. 폐가 나빠지니 신장도 영향을 받았다. 나이 때문에 다른 오장도 그리 좋지 않지만 두 장기의 기력은 엉망이었다. 그대로 두면 죽을 날이 머지 않아 보였다.

'응?'

물을 반쯤 마신 코하루, 몸의 반응에 촉수가 절로 섰다. 물은 분명 테이블에 있던 생수였다. 그러나 맛이 달라졌다. 시리고 달았으니 깊은 숲에서 마시는 새벽 샘물이 따로 없었다. 그러면서 단맛이 돈다. 머리와 눈을 씻어낸 건지 시원한 느낌마저 들었다. 게다가 술이 깨는 기분까지?

"……!"

물맛을 음미하던 코하루. 손이 전하는 느낌에 시선이 굳어버렸다. 손바닥의 열감이 사라진 것.

'물잔이 차가워서 그런 거겠지.'

그렇게 생각했지만, 아니었다. 물잔을 잡지 않은 발바닥. 그발의 작열감도 가시고 없었다.

"밤의 음기를 고스란히 담아낸 정화수였습니다. 새벽에 처음 길어 올린 물과 같으니 음(陰)의 보석입니다. 손발의 작열감은 물론이고 머리와 눈이 밝아지고 술독까지 함께 내려갔을 겁니다. 아닙니까?"

민규의 시선은 곧고 또 곧았다.

"……."

코하루는 대답하지 못했다. 자신의 상태를 족집게처럼 짚어내는 까닭이었다.

"계속 진행할까요?"

맛보기를 보여준 민규가 다시 물었다. 그 눈에는 팽팽한 존엄이 들끓고 있었으니 진우재와 치노는 숨소리조차 내지 않았다.

"해보시게."

코하루가 답했다. 까칠한 느낌이 사라진 목소리였다.

"치노, 잠깐만요."

치노와 함께 주방으로 나왔다. 필요한 식재료들 때문이었다. 거창할 것도 없었다. 생밤을 고르고 흰깨와 무에 더해 천초를 얻었다. 그는 불도장 등의 약선요리도 취급했으니 향신료로써 좋은 천초를 가지고 있었다.

―생밤, 흰깨, 무, 마, 해초, 흰쌀, 천초, 검은콩, 감초.

민규가 원한 재료의 전부였다.

"셰프?"

치노에 이어 치아키까지 당혹스러운 표정을 지었다. 민규의 능력을 모르지 않는 치노와 치아키. 그러나 코하루의 병은 고질이었다. 다리에 힘이 없고 아랫배는 쑤시고, 거기에 더불어 피부 버짐이 쏟아지는 색택증에 백전풍… 종합병원의 전문의를 다 동원해도 쉽지 않을 일에 고작 아홉 가지 식재료. 게다가 특별할 것도 없는 재료들이 아닌가?

"이게 전부입니까?"

치노가 물었다.

"네."

민규의 대답은 간결했다.

"그런데……."

생밤을 만지던 치노가 불안한 여운을 남겼다.

"하실 말씀이 있는지요?"

"그게… 코하루 상 말입니다. 셰프니까 말씀드리는데… 저 사람이 하는 말을 곧이곧대로 믿어서는 안 됩니다. 제 단골이기는 하지만 평판은 아름답지 않거든요."

10. 반전은 내 손안에

"무슨 말씀이신지요?"

민규가 물었다.

"일종의 수완가라고 할까요? 한 번도 손해 보는 걸 보지 못했습니다."

"저를 속이고 있을 수도 있다는 말씀이군요?"

"죄송합니다."

"조언 감사합니다."

민규는 개의치 않았다. 다른 방도도 없었다. 보조 요리대에 자리를 잡았다. 치노는 자신의 요리대를 권했지만 서지 않았다. 거긴 치노의 영역이었다. 손님은 결코 주인의 자리를 탐하지 않는다.

"……!"

요리대에서 잠시 한눈을 팔았다. 특별한 것들 때문이었다. 요리대의 선반 아래 가지런히 꽂힌 메모가 숨어 있었다. 고대 일본의 문양, 일본 전통문화의 사진, 나아가 피카소의 그림엽서에 구스타프 클림트의 '키스', 물체의 현미경 확대 사진까지 다양했다. 그걸 보는 순간 숭고함과 함께 전율이 왔다.

일본 최고의 셰프로 손색이 없는 치노. 그는 아직도 과거와 미래로 진화 중이었다. 이렇게 다양한 소재들 속에서 영감을 받고 그 영감을 그의 요리에 반영한다. 최고의 호칭을 받는 사람으로 손색이 없었다.

치노…….

코하루가 음흉한 사람이라고요?

제가 헛수고를 할 수도 있다고요?

괜찮습니다.

이 자리에 선 것만으로도 제겐 남는 일이네요.

요리를 하기도 전에 벌써, 이렇게 얻는 게 많지 않습니까?

시계를 보았다.

비행기 시간까지는 세 시간이 남았다.

천초를 술에 살짝 담갔다. 시간이 많지 않으므로 건조기에 넣어 말렸다. 술은, 천초의 약효를 신장으로 맞춤 택배를 하기 위한 조치였다. 그런 다음 햇빛을 잠시 쬐게 해 차로 달여낼 생각이었다. 분돈산기의 원천은 신장이다. 천초를 제대로 달이면 잡을 수 있었다.

다음은 감두탕이었다. 검은콩과 감초를 넣고 달이면 된다. 댓잎이 있기에 조금 첨가했다. 감두탕은 요리가 아니었다. 따로 쓸데가 있었다.

피부가 건조해 물고기 비늘 같은 버짐이 핀 데는 폐를 보하는 식재료가 필요했다. 그 피부가 흰색으로 얼룩덜룩하면 참깨가 좋다. 흰깨와 무는 폐를 보하는 동시에 백전풍을 낮게 할 재료가 되었다.

다리가 약한 데에는 뱀장어회나 날밤이 좋다. 뱀장어를 택하지 않은 건 코하루의 체질 때문이었다. 그의 체질과 맞지 않았다.

'약선생밤—깨죽.'

그렇게 가도 될 일이었다. 하지만 너무 심심했다. 약선도 즐겁게 먹어야 효과가 빠르다. 그저 한군데 뭉쳐 내놓을 수는 없는 일이었다.

약선밤설기… 궁중흰깨타락죽… 약선무마해초샐러드… 약선천초차…….

요리의 그림이 나왔다. 밤설기는 반 입 크기 두 덩어리면 족했다. 무에 마와 해초를 넣은 샐러드 역시 한 젓가락 분량에 불과했다. 완성된 접시에 흰깨를 고명으로 올렸다. 타락죽에는 실채로 썰어낸 생밤이 고명이었다. 심심한 느낌을 막기 위해 해초 물을 들여놓으니 초록이 포인트가 되었다. 그러나 타락죽에 들어가는 흰깨는 완전한 가루를 사용했다. 통으로 쓰는 흰깨는 잘 소화되지 않기 때문이었다.

설기가 익어가는 동안 당근과 오이, 샐러리와 고구마 등을 집어다 장식을 올렸다. 그의 속셈이 무엇이건 상관없었다. 일단은 요리에 집중하는 민규였다.

폐에 좋은 추로수와 말단의 병에 잘 듣는 천리수를 고루 사용했다. 전채로써의 물도 근육에 힘을 북돋는 국화수와 더불어 내준 후였다.

타락죽을 펐다. 설기의 뚜껑을 열자 푸근한 냄새가 진동을 했다. 치노는 냄새만으로 요리의 위엄을 알았다. 그가 쓰는 주방. 그러나 그의 요리에서는 나지 않는 신성한 냄새. 민규 초자연수의 위력이었다. 치노가 엄지를 세워주었다.

꾸벅, 예를 표하고 샐러드를 만들었다. 엄선된 무의 부분과 최고의 성분을 지닌 마, 그리고 작은 줄기까지 신선한 것으로 골라낸 해초의 모듬이었다.

"요리가 준비되었습니다."

VIP룸의 코하루 테이블에 세팅했다. 코하루의 눈이 출렁이는 게 보였다.

─궁중흰깨타락죽.

─약선밤설기.

─약선무마해초샐러드.

—약선천초차.

먹는 차례에 따라 세팅된 요리의 포스는 그의 넋을 흔들기에 충분하고도 남았다. 소박하면서도 친근한 느낌. 함부로 볼수 없는 위엄이었다.

더 기막힌 건 요리에서 풍기는 냄새였다. 그 풍미는 코하루의 미각을 속절없이 흔들었다. 하마터면, 수저를 들고 퍼 넣을 뻔한 코하루였다.

"뭐 보기엔 그저 그렇구만……."

괜한 폄하와 함께 수저를 들었다. 안에는 민규뿐이었다.

"거기 있으려고?"

코하루가 민규를 바라보았다. 친절한 눈빛이 아니었다.

"요리의 설명이 필요하지 않습니까?"

"뭐 대단한 요리도 아닌데 설명이 필요하겠나? 당신 말대로라면 먹어보면 알 일."

"요리는 보증합니다."

"흐흠, 그건 내가 판단하는 거 아닌가?"

"그러자면 이걸 먼저 드셔야겠습니다."

민규가 감두탕을 내려놓았다.

"이건 또 뭔가?"

"당신의 중독을 몰아낼 저승사자입니다."

"중독? 그건 또 무슨 해괴한 소리인가?"

"영지와 작설차… 굉장히 오래 드셨죠? 게다가 지나칠 정도로 진하더군요."

민규가 차통을 바라보았다.

"그게 무슨 문제가 되나? 영지는 불로초에 속하고 작설차 역시 몸에 좋기는 두말이 필요 없을 터. 설마 모르고 묻는 건 아니겠지?"

"둘은 명차에 속하지만 과용하면 독이 될 뿐입니다. 당신은 이미 그 쓴맛에 중독이 되었으니 차의 농도가 말해주고 있습니다."

"내 몸은 내가 아네. 배가 부르는 것도 아니니 많이 먹을수록 좋아."

"마실 때뿐입니다. 그러고는 당신의 몸을 해치죠. 당장 조치를 취하지 않으면 오래 살지 못할 겁니다. 어쩌면 몇 달 안쪽일지도 모르죠."

"이봐."

코하루가 테이블을 살짝 내려쳤다. 민규에 대한 경고였다.

"아까 말하지 않았나요? 당신의 색택중, 털이 부스러질 정도가 되면 목숨을 놓게 된다고. 아마 지금도 털이 종종 부서지고 있을걸요?"

"……?"

"감두탕은 중독에 탁월합니다. 중독을 씻어내지 않고 이 약선을 드시게 되면 그저 반짝할 뿐입니다. 고서적, 굉장히 많더군요. 그 가치는 당신만이 아시겠죠. 그걸 두고 가실 겁니까?

하루라도 더 아끼고 싶지 않은 건가요?"

"……."

코하루의 눈빛이 구겨졌다. 정곡을 제대로 찔렀다. 코하루
는 가족이 없었다. 죽으면 고서적은 기증 아니면 헌책 뭉치로
팔려 나갈 판이었다. 평생을 모든 고서적들. 귀천이 있기는 해
도, 그에게는 모두 자식 같은 보물들. 흔들리지 않을 수 없는
저격이었다.

"좋아."

코하루가 결단을 내렸다. 요리의 유혹 때문이었다. 시치미
를 떼고 있지만 구미가 당겨 더 참기 어려웠다. 감두탕을 마
셨다. 그게 위장을 적시자 그의 몸에 상서로운 기운이 깃들기
시작했다. 기운은 상하로 나뉘어 번져갔다. 코하루는 바로 반
응하게 되었다.

"우에!"

구토가 올라왔다. 동시에 방광에도 강물이 들어오는 것 같
았다. 앞뒤 가리지 않고 화장실로 뛰었다. 위아래의 구멍으로
방출을 했다. 처음 나오는 소변은 썩은 잿빛이었다. 차츰 맑아
졌다. 마지막에는 건강한 소변의 상징인 볏짚 색깔이 났다.

"……."

토사물을 본 코하루가 또 한 번 소스라쳤다. 그 또한 썩은
잿빛 액체들. 흡사 수은을 태운 듯 미묘한 냄새까지 코를 찔
렀다.

"남기지 말고 드시기 바랍니다."

코하루가 돌아오자 민규가 요리를 가리켰다. 쓴맛의 중독은 거의 몰아냈다. 약선이 먹힐 기반은 닦은 것이다.

민규가 복도로 나왔다. 치노와 진우재가 어깨를 으쓱해 보였다. 치노의 눈에는 여전히 엷은 우려가 남아 있었다. 민규는 개의치 않았다. 민규의 대응책 역시 아직 남아 있기 때문이었다.

짬을 이용해 치노가 식당 구경을 시켜주었다. 그가 아끼는 접시들을 보여주었고, 정밀요리를 하는 도구들을 보여주었다. 보지 못한 종류의 추출기도 있었고 압축기에 더불어 독특한 원심분리기까지 보였다. 그의 요리는 어쩌면 과학처럼 보였다.

"그래, 어떤 요리책 때문에 코하루 상을 찾아온 겁니까?"

원심분리기 시범을 보여준 치노가 물었다.

"기사회생 요리법입니다."

민규가 답했다. 딱히 숨길 것도 없었다.

"기사회생이라고요?"

"아니면 불로장생이라고 할까요? 그분이 그런 책을 가지고 있다고 해서요."

"오……."

치노가 신기한 표정을 지었다. 비웃음은 아니었다.

"허황될 수 있다는 건 압니다. 그래도 흥미롭지 않습니까? 일본에도 그런 요리나 약이 유행하던 시대가 있었을 텐데요?"

"우리 일본에도 요리 연금술의 시대는 당연히 있었죠. 모든 사람의 꿈 아닙니까? 권력자나 재력가라면 더욱……."

"호기심이 반입니다. 혹은 약선요리에 도움이 될 수도 있고 해서요."

"아닙니다. 꼭 찾아서 불로장생까지는 아니어도 장수요리는 꼭 만들어주십시오. 제게도 전수 좀 해주시고요."

"그럴 수 있으면 좋겠군요."

민규가 웃었다. 그때 치아키가 작은 문을 열었다.

"이 셰프님."

민규를 부르는 그녀의 얼굴은 흙빛이었다.

"……!"

VIP룸에 들어선 민규는 황망했다. 코하루, 배를 움켜잡고 오만상을 쓰고 있었다.

"배가 아파. 당신, 요리에 대체 뭘 넣은 거야?"

민규를 보더니 호통부터 작렬하는 코하루. 얼굴은 정나미가 떨어질 정도로 야멸찬 표정이었다.

"체한 겁니까?"

치노가 물었다.

"주인장은 끼어들지 마. 당신 요리의 문제가 아니니까. 아이고."

냉혹하게 샤우팅을 날린 코하루, 다시 배를 잡고 신음을 토

했다. 돌아선 치노가 한숨을 쉬었다. 그가 우려하던 상황이
나온 것이다.

"몸이 많이 불편하군요?"

민규가 담담하게 물었다.

"보면 모르겠나? 일면식도 없는 한국인이 시키는 대로 한
내가 미쳤지."

"그럼 이 물을 마셔보십시오. 속이 개운해질 겁니다."

민규가 초자연수를 소환해 놓았다.

"이봐. 이게 지금 물로 해결될 것 같나? 아픈 거 안 보여?"

"이것만 마시십시오. 차도가 없으면 마음대로 하셔도 됩니
다. 저희도 시간이 별로 없거든요."

"젠장, 이까짓 물이……."

코하루가 물을 들이켰다.

"치노, 미안하지만 구급차를 불러주시죠."

민규가 치노에게 말했다.

"이봐. 구급차는 필요 없어. 고베에 내가 다니는 병원이 있
으니 그리로 가면 돼."

코하루가 거절을 했다.

"아뇨. 속이 아프시잖습니까? 구급차가 필요합니다."

"이 친구가 정말, 필요 없다는데 왜 그래?"

"필요합니다. 잘 느껴보세요. 당신의 고통… 제대로 시작되
지 않았나요?"

되묻는 민규의 표정이 의미심장해 보였다.

"뭐야? 이 친구가 지금… 윽!"

핏대를 올리던 코하루가 격렬하게 무너졌다.

"보십시오. 제대로 아프십니다. 이제부터 점점 더 심해질 겁니다."

"이, 이거……?"

코하루의 몸에서 식은땀이 솟고 있었다. 얼굴도 금세 창백하게 변했다.

"셰프님."

치아키가 놀라지만 민규가 손을 들어 진정하라는 신호를 보냈다.

"당신."

민규의 시선이 허덕이는 코하루를 겨누었다.

"아프다고 하기에 아프게 만들어준 겁니다. 원하는 대로 되었는데 뭐가 문제란 말입니까?"

"……?"

코하루가 민규를 바라보았다. 어느새 위엄으로 가득 찬 민규의 모습. 코하루는 그 위엄에 압도당하고 말았다.

"아프게 만들었다고?"

"아닙니까? 당신은 아무 문제가 없었습니다. 그런데 거짓 아픔을 지어냈지요. 이제 제대로 아프니 고베를 가든 병원을 가든 마음대로 하십시오."

"이 통증을 당신이?"

"정성을 다해 만든 요리로 당신의 지병을 낫게 도왔습니다. 그러나 그 정성을 이따위로 갚으려 하니 다시 거둬 갈 수밖에요."

민규의 시선은 코하루의 피부에 있었다. 그의 피부에 버짐이 피고 있었다. 얼굴에도 팔에도 예외는 없었다.

"……!"

"병원에서 당신을 고치지 못한 것처럼 이 현상 또한 병원 영역 밖의 일들입니다. 당신이 자초한 것이니 원망하지 마십시오."

"……."

"치노, 치아키, 폐가 많았습니다. 저희는 비행기 시간이 가까워서 이만……."

인사를 마친 민규가 돌아섰다. 그러자 코하루의 손이 그 다리를 잡았다.

"이봐. 한국 셰프……."

"거래는 끝났습니다."

민규의 응대는 차가웠다.

"내가 잘못했네. 실은 그 책이 처분되어서 어쩔 수가 없었네. 병은 낫고 싶고 책은 없고, 그러다 보니……."

"뭐라고요?"

"용서하시게. 그게 골수 우익단체에서 간곡히 요청을 하길래 내주었다네. 게다가 그들은 그 책을 내 앞에서 불살라 버렸고……."

"태워 버렸다는 겁니까?"

"그렇네."

"그럼 그 책을 볼 수 없는 겁니까? 다른 필사본 같은 건?"

"그들이 원본을 가진 단체였네. 필사본이 세 권 있었는데 내게 수거하는 게 세 번째라고 하더군. 당신들이 가진 건 필사본의 필사본이지만 이제는 유일한 책이라네."

"……"

민규와 진우재의 표정이 확 구겨졌다. 찢겨 나간 내용을 보기 위해 일본까지 날아온 두 사람. 이제는 돌이킬 수 없는 일이 되어버린 것이다.

"우리가 늦었군요."

진우재가 고개를 저었다. 그때 코하루의 말이 희망을 이어 놓았다.

"하지만 찢긴 부분만 보려는 거라면 나한테 있네. 기사회생 요리라기에 신기해서 노트에 적어놓았었거든."

"……!"

민규의 눈빛이 튀었다. 노트가 있다고?

"그건 볼 수 있는 겁니까?"

"내 가게에 있을 걸세. 그걸 내주면 나를 아까처럼 돌려놓을 수 있나?"

코하루가 딜을 던져왔다.

"가능합니다."

"고맙네."

"아직은 고마워할 필요 없습니다. 이번에는 당신이 먼저 자료를 증명해야 할 테니까요."

민규가 차가운 목소리로 말했다. 두 번 당할 생각 따위는 없었다.

"그럼 어서 조치를 해주시게."

"자료 증명이 먼저입니다."

"이봐. 지금 당장 사람이 죽을 지경이잖나?"

코하루가 인상을 입술을 깨물었다.

"그럼 일단 마시지요. 조금은 참을 만해질 겁니다."

민규가 내민 건 정화수였다. 정화수는 해독 효과가 있다. 그러나 제대로 소환하지 않았으니 응급처치의 효과만 낼 생각이었다.

"허어⋯⋯."

물을 마신 코하루, 정신이 번쩍 들었다. 민규의 말대로 통증이 조금 내려간 것이다.

'사람 잘못 봤군.'

코하루가 고개를 저었다. 이런 요리사는 난생처음이었으니 천금의 고서를 구입하기 위해 중국의 음산한 안개 마을을 찾을 때보다도 공포심이 더했다.

"물을 조금만 더 주시게. 내 서점까지는 가야 할 것 아닌가?"

"안 됩니다."

"이봐."

"여점원이 있지 않습니까? 가져오게 하십시오. 고베까지 갔다가 다시 오면 우리가 비행기 편을 맞출 수 없습니다."

"허어."

코하루가 전화기를 꺼냈다. 민규의 단호함에 두 손을 든 것이다.

"나루미, 나다."

코하루가 통화를 시작했다.

"지하실로 내려가서 내 책상 옆의 금고를 보거라. 거기 두 번째 칸에 보면 내가 메모한 노트들이 있을 거야. 열쇠는 1층 책상 서랍을 보면 바닥에 있을 거다. 갈색 커버의 노트를 가지고 오사카로 오거라. 급하니까 네 차를 타고."

설명을 마친 코하루가 통화를 끝냈다. 하지만 끝이 아니었다. 10분쯤 지나자 여점원에게서 전화가 걸려왔다.

"열쇠가 없다고?"

그제야 자기 주머니를 뒤지는 코하루. 열쇠는 그의 주머니 안에 있었다.

"이, 이것… 이게 왜 주머니에?"

그가 고개를 들었다. 그래도 아까처럼 속이려는 눈빛은 아니었다. 나이를 먹으면 기억력이 깜박거린다. 주머니에 넣고 잊은 게 분명했다.

"열쇠 전문가를 불러 열어달라고 하면 안 됩니까?"

진우재가 의견을 냈다.

"대동아공영 이전에 나온 특수 금고라네. 일본을 통틀어도 그걸 열 수 있는 사람은 몇 안 돼."

"진 선생님?"

민규가 진우재를 바라보았다. 고베까지 가서 내용을 확인하고 다시 오사카 공항으로. 시간이 맞지 않았다. 비행기를 탈 수 없는 것이다.

"잠깐만요."

이번에는 진우재가 전화를 꺼냈다. 항공사에 전화를 걸었다. 다음 편 비행기로 여정을 돌리려는 것. 그러나 항공사에서 나온 대답은 No였다. 이 항공사의 비행기는 다음 편이 마지막. 고베를 다녀오면 꼼짝없이 하루를 연기하게 될 판이었다.

"기다려 보세요."

지켜보던 치노가 주방으로 향했다. 명함 통에서 명함을 뒤지더니 전화를 걸었다.

"예, 예, 예… 두 사람입니다. 예… 고맙습니다."

통화하던 치노가 반가운 소식을 전해주었다.

"우리 가게 단골손님 중에 그 항공사의 상무이사님이 계십니다. 부탁을 드렸더니 다음 비행기 편으로 미뤄주시겠답니다. 받아보시겠습니까?"

여정 변경.

뭐라고 할 여유도 없이 여정이 바뀌었다. 남예슬과의 약속이 생각났지만 그걸 핑계로 댈 수는 없었다.

바아앙!

차가 오사카를 빠져나왔다. 운전은 진우재였다. 코하루의 통증을 풀어줄 수도 있었지만 그러지 않았다. 그는 조수석에서 안내를 담당했다.

"오른쪽 핸들은 딱 두 번째라 굉장히 어색한데요?"

신호를 넘으며 진우재가 말했다.

"처음은 어디셨습니까?"

민규가 물었다.

"오키나와요. 거기 해안도로에서 직진만 하다가 끝까지 가고 말았지요."

진우재가 웃었다. 이제는 긴장이 조금 가신 모양이었다.

*　　　　*　　　　*

"내려오시오."

고서점의 중앙에 위치한 지하실 계단에서 코하루가 말했

다. 그는 여전히 통증을 참고 있었다.

끼이끼이.

오동나무로 된 계단이 신음 소리를 냈다. 나무를 위해 기름칠을 했는지 아주까리기름 냄새도 났다.

딸깍!

계단의 중간에서 코하루가 스위치를 올렸다. 지하실 쪽이 한결 밝아졌다.

"……!"

지하공간에 내려선 진우재의 눈이 휘둥그레졌다. 민규도 그랬다. 책 때문이었다. 사방을 가득 메운 고서적과 크고 작은 고가구들. 그중에는 한국의 궁중 다식판도 보였다.

"마음에 들면 몇 개 골라 가지시오."

코하루가 민규를 지나갔다. 창가에 선 그가 금고 문을 열었다. 그 안에도 고서적이 많았다. 귀한 것을 골라 따로 보관하는 눈치였다.

턱!

코하루가 20여 권의 노트를 꺼내놓았다. 젊은 날부터 쓴 것인지 갱지 노트부터 누렇게 뜬 것까지 있었다. 의자에 앉은 코하루, 통증이 오는지 몸을 웅크렸다. 겨우 숨을 돌린 그가 이를 물고 노트를 뒤졌다. 몇 권째에선가 그의 손길이 멈췄다.

"여기 있었군."

그가 갈색 노트를 책상 위에 놓았다.

"점원에게 물하고 컵 두 개만 가져오라 하세요."

민규가 말하자 그가 전화기를 들었다. 여점원은 이내 지시에 따랐다. 지장수를 소환해 주었다. 반천하수와 취탕의 독성을 상쇄하고도 남을 양이었다.

"잠깐요."

진우재가 나서서 물컵을 받아 들었다.

"선생님?"

"제가 코하루 상에게 할 말이 있어서요."

"아, 예……."

민규가 물러섰다.

"아까 이 책을 수거해 간 단체가 있다고 했었죠?"

진우재가 코하루에게 물었다.

"그렇소만……."

"어떤 단체인가요?"

"골수 우익인 것만 알고 있고 다른 건 잘 모르오."

"그럼 이 약수는 버려질 것입니다."

"……?"

진우재의 압박에 코하루의 눈빛이 출렁 흔들렸다.

"이 책… 당신은 어떤 의미인 줄 알겠지요? 안 그렇습니까?"

"……."

"당신들이 우리나라를 침략했을 때 우리 왕을 독살하기 위한 자료의 일부입니다. 아닙니까?"

"그, 그건……."

"당신더러 대가를 치르라는 건 아닙니다. 이제 와서 밝혀내기도 어려울 터. 아는 데까지만 말하세요."

"……."

"버립니까?"

진우재가 컵을 기울였다. 물 일부가 바닥에 떨어졌다.

"말, 말하겠소. 하지만 나도 심증뿐이라오. 책의 성격상……."

"이 책, 이게 전부였습니까?"

"무슨 뜻이오?"

"내 말은, 다른 내용이 있는데 그중 요리 파트만 필사한 게 아니냐는 겁니다."

"……."

"역시 그렇군요?"

"나도 짐작만 할 뿐이오. 하지만 설령 그 필사본의 원본이 있다고 해도 볼 생각은 마시오. 그들이 그것까지 태워 버렸으니."

"젠장."

낭패를 삼킨 진우재가 물을 넘겨주었다. 뭔가 감이 와서 추궁한 일. 그러나 세월이 너무 오래 흘렀다. 고종 독살 이후로 100여 년이 흐른 것이다. 아아, 대체 이 나라의 지도층들은 뭘 하며 산 건가? 맥이 풀려 벽에 기대고 마는 진우재.

진우재와 달리 코하루는 숨도 쉬지 않고 물을 비워냈다.

"후아!"

그제야 수월하게 호흡을 내쉰다. 그는 노트를 민규 쪽으로 밀어주었다. 호되게 당한 터라 잔머리 따위는 쓰지 않았다.

'기사회생요리방……'

손으로 적은 글자가 보였다.

음양의 두 물로써 기본을 삼아…….

단사(丹砂), 석종유, 석영, 금, 산호, 호박(琥珀)…….

五…….

五에서 이어지는 글자들이 보였다.

二藥水 三靈草 五穀 龍身材 六氣 五臟 六腑 天地人陰陽一致.

三人求.

글자는 그게 다였다.

'2약수에 3영초, 오곡과 육기, 용의 재료에 오장육부, 3인구에 천지인음양일치……'

"셰프님."

진우재가 민규를 바라보았다. 그로서는 알 수 없는 내용이었다.

"이게 전부입니까?"

민규가 코하루에게 물었다.

"그렇소."

코하루가 이마를 닦으며 대답했다. 통증은 거의 가서 있었다.

"뭔가 짐작이 가십니까?"

진우재의 고개가 갸웃 돌아갔다.

"글쎄요… 내용이야 알겠지만 이게 뭘 하라는 건지… 게다가 용신재라면 용의 몸에서 얻은 약재 같은데 여의주를 뜻하는 건지……."

민규의 고개도 허탈하게 기울었다.

"정말 이것밖에 없었습니까?"

진우재가 코하루를 다그쳤다.

"그렇소. 적던 나도 좀 아쉽긴 했소만……."

"주석이나 부연은요?"

"아무것도……."

"그냥 공백이었단 말입니까?"

"그림이 있기는 했었소."

'그림?'

코하루의 말에 민규와 진우재의 촉각이 동시에 반응했다.

"오장육부와 용의 분해도… 해와 달에 사람 그림, 그뿐이었소."

"훼손된 흔적도 없고요?"

"아시다시피 필사본의 필사본이라오. 필사할 때 빼먹은 건지 아닌지는 모르지만 훼손은 없었소. 다만……."

"다만 무엇입니까?"

"× 표시가 하나 있었소. 무슨 뜻인지는 모르지만……."

"× 표시? 어디에 말입니까?"

"여기, 아마 이 부분……."

코하루가 진우재의 책을 짚었다. 호박(琥珀)의 줄이었다. 그 줄에 × 표시. 그 줄은 사용하지 말라는 뜻으로 보였다.

"셰프님."

진우재가 민규를 불렀다.

"……."

민규는 대답하지 않았다. 민규의 오감은 노트 위에 있었다. 지독한 고통을 맛본 코하루. 거짓말은 아닌 것 같았다. 그러나 허탈했다. 이것으로는 도무지 감이 오지 않았다.

2약수와 3영초, 오곡과 육기, 용신재와 오장, 육부, 그리고 3인구에 천지인음양일치…….

3인구는 대략 이해가 되었다. 세 사람의 목숨을 구한다는 뜻이다. 즉, 레시피를 안다고 해도 세 사람의 목숨만을 구할 수 있다는 뜻.

오곡과 육기, 오장과 육부, 그리고 2약수…….

어쩌면 민규 손에 다 있는 것과도 같았다. 오곡이야 말할 것도 없고 육기도 꿰고 있는 민규였다. 오장과 육부는 어린

아이도 안다. 이약수 또한 34가지 초자연수 중에서 찾아내면
될 일이었다. 그러나 여전히 뜬구름 잡기…….

허얼!

옛날 노교수의 강의 중 조크가 스쳐 갔다.

'인천 앞바다에 사이다가 많아도 고뿌가 없어서 못 마시네.'

딱 그 꼴이었다.

그 옛날 주(周)나라에 주평만이라는 사람이 있었다. 용을
잡아 요리하는 신묘한 재주를 가졌다는 '지리익'에게 전 재산
을 내주고 그 기술을 전수받았다. 3년 만에 심산유곡에서 내
려온 주평만은 의기양양하게 마을로 돌아왔다. 무엇을 배우
고 왔냐는 이웃 사람들의 말에 주평만이 소리 높여 말했다.

"용요리에 대한 모든 것. 용을 잡는 기술, 어떤 칼을 써야
하는지, 머리는 어떻게 발라내고 배는 어떻게 갈라서 요리해
야 하는지를 배웠다오. 이제 세상의 돈은 다 내 것이오."

주평만의 호언에 사람들은 배를 잡고 웃었다.

"용만 잡으면 자네는 중국 최고의 부자가 되겠군. 그런데 대
체 어디 가서 용을 잡는단 말인가? 그것도 배웠나?"

그 말에 주평만은 입을 다물고 말았다.

도룡지기(屠龍之技)에 전하는 말이니 민규가 그 신세였다.

"셰프님."

진우재가 민규를 불렀다.

"예?"

"서둘러야겠네요. 시간이 벌써 이렇게 되었어요. 바꾼 비행기도 놓칠 것 같습니다."

진우재가 시간을 상기시켰다. 시계를 보니 어느새 네 시에 가까웠다. 미뤄둔 비행기는 여섯 시 출발. 국제선은 적어도 2시간 전, 최악의 경우에도 1시간 이전에 도착해야 했으니 이마저 놓칠 가능성이 높았다.

"이걸 드세요. 다 드시면 아까처럼 몸이 좋아질 겁니다. 대신 쓴맛은 멀리하셔야 합니다. 작설차와 영지도 말입니다."

민규가 지장수를 두 병 만들어주었다. 자료를 봤으니 약속을 지키는 것이다. 약수를 받아 든 코하루, 심장에 울림을 느꼈다. 배의 고통은 사라졌다. 손발의 열도 그랬다. 피부의 비듬도 나오지 않았고 흰 얼룩도 약해지고 있었다. 다리에도 슬그머니 힘이 들어온 상태. 부끄러움을 느끼지 않을 수 없었다.

"이봐요, 셰프."

나가는 민규를 코하루가 불렀다.

"뭡니까?"

"시간이 촉박하면 내가 도와드리죠. 아까는 실례했습니다."

"어떻게 말입니까?"

"내 조카가 쾌속정을 몰아요. 차로 가면 돌아가지만 바다로 가면 직선이죠. 그걸 타면 한 시간 안에 공항에 도착할 겁니다."

바다로 직진.

고베는 바닷가였다. 공항은 저 건너편에 있었다. 그야말로 최고의 지름길이 될 판이었다.

코하루가 전화기를 집어 들었다.

쾌속정은 바로 준비가 되었다.

"셰프."

항구까지 나온 코하루가 입을 열었다.

"예."

"기사회생 약선요리방 말입니다. 뭐가 되었든 잘되기를 바랍니다."

"고맙습니다."

인사를 마치고 쾌속정에 올랐다.

콰다당!

배는 폭음을 일으키며 출발을 했다. 코하루와 여점원의 모습은 순식간에 멀어졌다. 하지만 노트에 적힌 내용은 더 진한 모습으로 민규를 따라왔다.

二藥水 三靈草 五穀 龍材 六氣 五臟 六腑 天地人陰陽一致 二人求.

누군가의 상상인가?

아니면 천계의 비방 약선이라 이해할 수 없는 건가?

고베가 멀어질 때까지 민규는 거기서 눈을 떼지 못했다.

11. 살굿빛 깊은 밤

정신 줄을 놓았다.

탑승 과정이 그랬다. 쾌속정 덕분에 시간을 당겼지만 시간을 거꾸로 돌린 건 아니었다. 탑승 1시간 5분 전. 카운터에는 직원이 없었다. 마감되어 버린 것이다. 안내 직원을 찾아 겨우 직원을 호출했다. 사정사정하여 탑승을 마쳤다.

가는 날이 장날이라고 중국 여행객과 만났다. 수백 명이 한꺼번에 몰려 있어 난항이었다. 게다가 단체 여행객. 한국도 그렇지만 단체 여행객들은 난감하다. 여행 준비 없이 가이드만 믿고 온 사람이 많았다. 출국 신고서를 쓰지 않은 사람도 있고 소지하면 안 되는 물건을 가진 사람도 많았다.

"실례합니다. 6시 탑승이에요."

별수 없이 비상 매뉴얼을 작동했다. 그러나 단체 여행객. 소음이 어찌나 높고, 어찌나 멋대로인지 그들 통제에 넋을 놓은 직원들이 민규의 목소리를 듣지 못했다. 어찌어찌 직원의 도움을 얻어 입국장에 들어섰을 때는 탑승 시간이 지난 후였다.

게이트를 찾아 뛰었다. 게이트의 시간은 5시 55분. 이륙 직전에 겨우 탑승을 마쳤다.

"이햐, 진짜 드라마틱하군요."

프리스티지석에 자리를 하고서야 진우재가 한숨을 돌렸다.

"그렇네요."

짧은 대화를 나누는 사이에 비행기가 활주로로 나갔다. 그리고 이내 지면을 차고 날아올랐다.

"우리 마누라하고 딸내미가 성질 좀 났겠는데요?"

시계를 본 진우재가 웃었다.

"공항에 마중 오는군요?"

"괜찮다는데도 굳이 오겠다더군요. 하지 말라는 짓 하면 꼭 이렇다니까요. 정신이 없는 통에 늦는다고 연락도 못 했는데……."

'연락……'

그제야 남예슬이 떠올랐다.

6시 5분 이륙.

인천에 도착하면 약 7시 30분. 입국 수속을 마치고 나가면 거의 8시가 될 판이었다. 약속 시간에서 1시간 오버. 그러나 남예슬의 집은 인천공항이 아니었다. 거기에 한 시간을 더하면……

'푸헐!'

2시간이나 늦게 되었다.

'나야말로 미치겠군.'

낭패였다. 진우재처럼 늦는다는 말도 하지 못했다.

'할 수 없지.'

만나면 사과를 하기로 하고 책자로 시선을 돌렸다. 종종거린다고 해결책이 나올 것도 아니었다. 기내에 비치된 여객기 잡지에는 스페셜한 요리가 소개된다. 이번 요리는 특이한 닭 요리였다. 그 닭의 발을 본 민규 눈에 힘이 들어갔다.

닭발이었다.

굉장히 특이했다.

용의 발을 보는 듯한 착각마저 들었다.

'베트남의 동타오.'

이 특이한 닭은 진짜(?) 용의 발을 가지고 있었다. 마치 갑옷투구를 씌운 듯한 닭발의 위엄. 거짓말 좀 보태자면 몸이 반이고 발이 반이다. 그것 하나만 먹어도 배가 부를 지경이었다. 그다음 기사는 더 특이했다. '올름(Olm)'이었다.

"……!"

그걸 보는 순간 민규의 호흡이 멈췄다. 올름은 동굴도롱뇽이다. 그러나 유영하는 모습은 마치 축소판 용의 활강처럼 보였다. 어떤 녀석은 머리에 용의 갈기까지 있었다. 크기만 확대하면 용에 필적하고도 남을 자태였다. 허덕이는 통에 잠시 잊었던 기사회생요리의 자료가 그 두 기사와 매칭이 되었다.

용신재(龍身材).

용의 재료.

그게 무엇인지 몰랐다. 그런데 올름과 용의 다리 같은 닭발을 보니 파노라마처럼 퍼즐이 떠올랐다.

용!

어떤 문헌에도 용의 실제는 나오지 않는다. 요리사의 관점으로 보자면 용을 요리한 서적이나 레시피는 전하지 않는다. 용 고기의 맛도 성미도 전하지 않는다. 불을 뿜으니 火에 속할까? 물의 상징이니 水에 속할까?

그렇다면 여기서 말하는 용신재란 용의 상징일 수 있었다. 실물 용을 구하지 못하면 용의 상징을 구하면 된다. 약선의 이류보류가 괜히 있는 게 아니었다.

용의 상징…….

'머리는 낙타와 비슷하고, 뿔은 사슴, 눈은 토끼, 귀는 소, 목덜미는 뱀, 배는 큰 조개, 비늘은 잉어, 발톱은 매, 주먹은 호랑이와 비슷하다…….'

그것들을 취하면 용신재…….

민규의 골똘함은 기내식이 나오고서야 겨우 멈췄다. 무엇 하나에 집중하면 무아지경에 빠지는 민규. 옆에서 지켜본 진우재가 혀를 내둘렀다.

'과연 역대급 약선요리사는……'

포스부터 달라.

옆에 앉아 있다는 게 뿌듯한 진우재였다.

식사는 먹는 둥 마는 둥 해치웠다. 그렇게 골똘하는 사이에 비행기는 인천 앞바다 위에서 바퀴를 꺼내놓았다. 착륙이었다.

자동출입국기를 이용해 입국 수속을 마친 민규가 핸드폰을 꺼내 들었다. Off로 놓았던 모드를 On으로 고쳤다. 그때 명랑한 목소리가 민규 청각을 흔들었다.

"아빠!"

진우재의 딸 명아였다. 아홉 살 명아가 진우재 품에 안겼다.

부릉!

차가 출발했다. 올 때처럼 진우재의 차였다. 운전은 진우재의 아내가 맡았다. 남편의 여독을 위해 운전대를 잡은 것이다. 조수석에는 진우재의 처제까지 있었다.

"엄마, 아빠가 선물 안 사 왔대."

뒷좌석, 민규와 진우재 사이에 자리를 잡은 명아가 소리쳤다.

"아빠가 선물이잖니?"

아내의 말이 예뻤다. 저런 아내가 있기에 오늘의 진우재가 존재하는 것 같았다. 잠시 핸드폰을 살펴보았다. 이런저런 문자들이 가득했다. 남예슬의 문자는 없었다.

[미안해요. 급한 일 때문에 너무 늦었어요. 지금이라도 가도 될까요?]

문자를 보냈다.

답은 오지 않았다. 괜한 핸드폰을 만져보지만 변함은 없었다.

화가 났나?

생각이 많아졌다.

어쩐다?

궁리를 했지만 그래도 일단은, 가보는 게 예의인 것 같았다.

"여기에 내려주세요. 볼일이 있거든요."

남예슬의 오피스텔이 가까운 곳에서 민규가 양해를 구했다.

"다음에 한번 오세요. 맛나게 대접해 드릴게요."

인사를 남기고 진우재 가족과 헤어졌다.

9시 20분.

다행히 남예슬의 집 12층 창은 불이 켜져 있었다. 가까운 꽃집에서 꽃바구니를 사 들고 벨을 눌렀다.

디롱디롱디롱!

벨이 울었다. 반응이 없었다.

디롱디롱!

한 번 더 눌렀다. 안쪽은 여전히 잠잠했다.

똑똑!

이번에는 노크를 했다.

'나갔나?'

똑똑!

한 번 더 노크. 안에서 나오는 반응은 여전히 침묵뿐이었다.

'화가 단단히 난 모양이군.'

무려 2시간도 넘게 늦은 민규였다. 일본에서의 일이 그랬다지만 남예슬이 사정을 아는 것도 아니었다.

'할 수 없지.'

마지막 노크와 함께 돌아서려는 순간, 문이 빠르게 열렸다.

"셰프님!"

그녀였다.

"예슬 씨……."

"뭐예요? 왜 이렇게 늦었어요?"

묻는 그녀의 모습은 흐트러져 있었다. 마치 졸다가 일어난 사람처럼. 게다가 술 냄새도 났다.

"미안해요. 일본에 출장을 갔었는데 얼른 볼일 보고 온다는 게 스케줄이 엉키는 바람에……."

"하앙, 몰라요."

그녀가 민규 품에 안겼다. 국민 울보의 눈물이 민규 가슴에 쏟아졌다. 지은 죄가 깊은 민규, 어쩌지도 못하고 그녀의 포옹과 눈물을 고스란히 받아냈다. 마무리는 키스였다. 감정을 주체하지 못한 그녀가 민규의 얼굴을 당겨 키스를 퍼부어 버린 것.

"어머, 나 좀 봐. 잠깐만요."

안으로 들어서다 현관의 대형 거울을 본 남예슬, 흐트러진 자기 모습을 보고 정색을 했다. 다시 민규 앞으로 돌아온 남예슬은 단정했다. 옷도 갈아입었고 메이크업도 고친 모습이었다.

"어머, 셰프님이 문자를 보냈었네?"

그제야 핸드폰을 확인하고 놀라는 남예슬.

"죄송해요. 기다려도 기다려도 셰프님이 안 오시길래 속상해서 와인을 홀짝거리다가 잠이 들었나 봐요."

배시시 웃는 얼굴은 영락없는 살굿빛이었다.

"받아요. MBS 너를 위한 명곡 프로그램 메인 진행자 축하해요."

민규가 꽃다발을 건넸다.

"다른 거 받고 싶은 거 있는데……."

남예슬이 배시시 웃었다.

"뭔데요?"

"여기요. 아까는 제가 도둑질을 했으니 셰프님이 해주시면 창피해하지 않아도……."

자신의 입술을 가리킨 그녀가 눈을 감았다. 그녀 입술이 가녀린 경련을 했다. 키스해 주었다. 그녀의 두 팔이 민규 허리를 조여왔다. 역습이었다. 중심을 잃으며 소파에 주저앉고 말았다. 그녀는 떨어지지 않았다.

"예슬 씨."

"쉬잇!"

민규 입술을 지그시 누르더니 더욱 밀착되어 오는 남예슬. 그녀의 입안에 맴도는 와인 향이, 그녀의 체취가 민규 몸에 불을 붙이고 말았다.

불이야!

심장에서 시작된 불은 단숨에 남자의 뿌리까지 내려가 버렸다. 체면이고 격식이고 따질 겨를도 없었다. 민규의 손이 그녀의 등을 지나 허리로 내려갔다. 다음은 실팍한 히프였다. 그 굴곡의 라인이 뇌관이었다. 마지막 남은 민규의 제어 장치를 무력화시켜 버린 것. 그녀의 꺼풀을 벗겨 내렸다. 눈 시린 허벅지에 살굿빛이 감돌았다. 살구 향이 났다. 그 향에 취해 그녀의 깊은 곳으로 빨려 들었다. 엄청난 키스였다. 남자와 여자의 뿌리가 태초의 모습으로 만나는 합궁의 키스…….

"셰프님……."

남예슬의 몸서리가 고스란히 전이되어 왔다. 미안한 마음이 컸기에, 그녀의 살구 향 속으로 더 깊이 들어갔다.

샘물······.

이 황홀한 샘물······.

지상의 모든 물을 가지고 있지만 유일하게 없는 여자의 샘물.

34 초자연수에 그녀의 샘물을 합치니 35가 되었다.

화아악!

샘물 안에서 폭발했다. 이 순간만은, 그녀의 샘물 하나가 34가지 초자연수를 다 합친 위력보다 더 큰 열락 속으로 민규를 이끄는 것 같았다.

안 오시는 줄 알았어요.

와줘서 고마워요.

고마워요.

살구 향 열락 속에 그녀의 목소리가 메아리쳤다.

미안해.

미안해.

그 말을 해야 하는데, 그녀의 격정에 포로가 되어 키스만 퍼붓는 민규였다.

"하핫!"

그녀가 머쓱하게 웃었다. 행병 때문이었다. 그녀가 만들어

둔 행병. 차갑게 식었다. 그녀가 머쓱한 건 식은 것 때문이 아니었다. 행병의 자태가 엉망이었다.

"연습 때는 잘됐었어요."

그녀가 조금 뻔뻔해진다. 민규는 그 말을 믿었다. 요리는 레시피로 만드는 게 아니다. 마음이 만든다. 편안한 마음으로 하면 요리가 잘 나온다. 하지만 부담 백배로 요리에 임하면 맛이 변한다. 셰프의 긴장이 요리에 배어버리는 것이다.

보통의 요리사는 이해하지 못한다. 그러나 절정의 셰프라면, 혹은 상급 미식가라면 민규의 말을 공감할 수 있었다.

"재료 남았죠? 내가 만들어 드릴게요."

민규가 몸을 세우자 그녀가 잡았다.

"아뇨. 그냥 있어요."

"예슬 씨……."

"셰프님이랑 이렇게 있는 게 행병 먹는 거보다 좋네요. 저 못됐죠?"

민규 어깨에 얼굴을 기댄 남예슬의 볼은 아직도 붉었다.

"그럴까요?"

민규가 근육에 들어간 힘을 풀었다.

"셰프님."

"네?"

"아까 제 모습 보고 놀라지는 않았어요?"

"왜요?"

"졸다가 일어난 모습이라서… 침도 흘렸을지 몰라요."

"침이 아니라 행병에 묻히는 고물이었겠죠."

"고마워요."

"또 뭐가요?"

"이렇게 와주셔서요. 저는 안 오시는 줄 알고……."

"일본에서 일이 좀 꼬였어요. 비행기를 급박하게 타느라 전화 걸 시간도 없었고… 미안해요."

"아뇨. 괜찮아요. 그렇게 먼 데서 날아오신 거라면……."

"……."

"거기서는 무슨 요리하셨어요? 맛있는 냄새가 나는데요?"

남예슬이 민규 팔뚝에 코를 묻었다.

"기사회생요리라고 들어봤어요?"

"기사회생이면… 죽은 사람 살리는 요리요?"

놀란 그녀가 고개를 들었다.

"네."

"어머, 진짜요?"

"농담이죠. 그냥 그런 요리가 적힌 책이 있다길래 호기심 삼아 다녀왔어요."

"우와, 그럼 셰프님이 이제 죽은 사람도 살릴 수 있는 거예요?"

"농담이라니까요."

"아뇨. 저는 믿고 싶어요."

"……."

"훈장까지 타셨잖아요? 같이 타신 고요리 전문가의 훈장도 셰프님 덕분이라면서요?"

"어, 누가 그래요?"

"아는 기자가요. 비하인드 스토리라면서……."

"반대예요. 진 선생님 덕분에 내가 훈장을 받은 거라고요."

"그것도 믿어줄게요."

"예슬 씨, 나한테 뭐 부탁 있어요?"

"어머, 어떻게 알았어요?"

그녀가 화들짝 윗몸을 세웠다.

"진짜네? 그냥 한번 찍어본 건데?"

"들어줄 거예요?"

"어쩌겠어요? 대한민국 최고 스타를 3시간 가까이 기다리게 했으니……."

민규가 웃었다.

"원래는 케이터링이었어요. 너를 위한 명곡 메인 진행자로 픽업된 후에 국장님이랑 피디님 만났더니 그 말부터 하더라고요. 이 셰프님이랑 친분 있으니 첫방 때 케이터링 좀 부탁해 줄 수 없냐고."

"안 되면 픽업 취소한대요?"

"아뇨. 그렇지는 않지만 첫방이란 게 신경을 많이 쓰게 되니까요."

"한 1억 불러도 돼요?"

"물론이죠."

남예슬이 거침없이 응수했다.

"배팅이 너무 저렴했나? 한 10억 부를 거 그랬나?"

"그런데 셰프님 말 듣고 마음이 바뀌었어요."

"흐음, 뭘로요?"

"기사회생요리요."

"예? 그 요리는……."

"그러니까 언젠가 그 요리가 가능해지면 저 한 접시 부탁해요. 혹시 제 인기가 바닥이거나 혹은 제가 삶의 무게에 눌려 고단할 때, 그것도 아니면 진짜 목숨 줄이 풀려 다시 감기지 않을 때… 해주실 거예요?"

"내가 그런 요리도 만들 수 있을 거라고 믿어요?"

"안 믿어요."

"……?"

"다른 사람이라면."

그녀의 손이 민규 뺨으로 올라왔다.

"셰프님 혹시 물질을 어디까지 쪼갤 수 있는지 아세요?"

"물질이라면 원소 말인가요? 원자와 전자, 양성자와 중성자 그거 말인가요?"

"아시네요. 실은 제가 생화학을 전공했어요."

"그건 일대 반전인데요? 연예인이 화학 전공이라……."

"제가 방송으로 진출한 것도 의외고 셰프님 알게 된 것도 의외죠. 10년 전만 해도 저는 이 두 가지 일을 다 꿈도 꾸지 못했어요."

"……"

"물질도 그래요. 처음에는 원자까지였잖아요? 그러다 원자핵과 전자가 발견되었고 양성자에 중성자로 가더니 쿼크가 나왔죠. 지금은 쿼크만 해도 6개예요. 업, 다운, 참, 스트레인지, 탑, 보틈… 앞으로 또 뭐가 나올지 모르죠."

"……"

"셰프님은 지금도 약선으로 많은 병자들을 고쳤잖아요? 원자에서 쿼크가 나오듯 그 약선요리의 끝이 어디일지는 신만이 알고 계실 거라고 생각해요."

"예슬 씨……"

"6개의 쿼크 다음에는 뭐가 발견될까요? 그게 뭐든 분명 발견될 거예요. 그러니 셰프님의 약선요리도……"

"만약 제가 해낼 수 있다면 약속하죠."

"각서 써주세요."

그녀가 손바닥을 내밀었다. 거기 사인을 하자 새끼손을 내민다. 손가락을 걸고 지장까지 찍는다. 유치원생이 따로 없었다.

"고마워요."

그녀가 살구꽃처럼 웃었다.

이 여자… 볼 때마다 새로운 매력을 풍긴다. 사람을 한없이 편안하게 만든다. 민규의 약선요리만큼이나 중독이 강한 매력이었다.

쿼크……

화학은 잘 모른다.

그러나 그 비교만은 실감이 났다. 어느 한 시기에는 불가능했던 일들. 누군가의 노력과 분투로 밝혀지고 실현이 된다. 그녀의 말은 민규의 의욕에 또 하나의 기폭제가 되었다.

유치원 편식 교정 요리사일 때의 민규도 오늘의 모습을 결코 상상하지 못했으므로.

12. 두 강적

"선배님!"

수요일 아침, 차미람과 친구들이 들이닥쳤다. 초빛에서 벌이는 스페셜 이벤트 때문이었다. 훈장을 받은 민규, 그만한 자격이 있었지만 그 기쁨을 나누기로 했다.

이는 고려 숙수 권필의 기억 공유와도 무관치 않았다. 왕실들은 어려운 일이 생기면 궁궐의 잔치를 줄였다. 그래도 노인 등을 위로하는 양로연 등은 크게 줄이지 않았다. 민규는 경사를 만났기에 보답 연회라도 벌여야겠다고 생각한 것.

요양원과 경로당 어르신 50명에 서울 유치원 편식 어린이 50명을 초청했다. 어린이들은 전에 인연을 맺은 양미순 원장이 알선해 주었다. 지원을 위해 알바를 할 후배 셋을 보내달라고 했더니 차미람이 눈치를 차린 것이다.

"개업 준비를 할 애들이……."

민규가 인상을 썼지만 차미람은 기죽지 않았다.

"선배님."

"왜?"

"방 지점장님이 저희에게 대출을 약속해 주셨어요."

"진짜?"

"네. 월요일에 서류까지 다 제출했어요. 이번 주 안으로 개업 자금 꽂아주신다고 했어요."

"뭐야? 그런데 왜 나한테는 연락 안 했어? 나도 지원해야 하는데……."

"지금 말씀드리잖아요."

"허얼!"

"지원하실 거죠? 선배님이라면 만 원만 하셔도 되요. 선배님의 투자를 받았다는 게 중요하니까요."

"지점장님이 필요한 돈 전액을 대출해 주시는 거야?"

"아뇨. 다른 데서도 지원을 약속받았어요."

차미람이 생글거렸다.

"다른 데 어디?"

"영부인님요. 5천만 원을 무이자로 빌려주신대요."

"……?"

"떡 주문이 또 들어와서 만나 뵈었는데요. 선배님 빽 믿고 딜을 던져봤어요. 저희 떡 쓸 만하면 영부인님도 투자 좀 하시라고요. 그랬더니 두말없이 약속하시던데요? 그 돈은 벌써 입금이 되었어요."

"……"

"선배님, 고맙습니다. 덕분에 저희들, 당당히 개업하게 되었어요. 그래서 그 기념으로 오늘 무료 봉사 좀 하려고요. 좋은 기 받아 가면 장사에도 도움이 되지 않을까요?"

"그래도 무료 봉사는 안 돼."

민규가 선을 그었다.

"무료 봉사가 아니라 재능 기부로 하면 안 될까요?"

"그건 나중에 유명해지면."

"선배님……"

"일당은 무조건 받는다. 아니면 돌아가고."

"알았어요. 대신 꽉꽉 시켜먹으세요."

차미람과 친구들이 목청을 높였다.

이미 초빛에 익숙한 네 명의 후배들. 종규와 함께 야외 세팅 준비에 들어갔다. 오늘 만찬은 마당에서 판을 벌일 생각이었다. 테이블 삼십여 개는 차만술이 알선해 주었다. 무료 대여였다.

"이 셰프."

이번에는 박세가였다. 그에게는 이벤트를 알렸다. 수요일에 찾아오겠다기에 이벤트가 있어서 곤란하다고 했더니 일부러 온 것이다.

"차 한잔 드릴까요?"

민규가 박세가에게 물었다.

"좋지."

박세가가 반색을 했다.

"여기 앉으시죠. 제가 공부하던 참이라 자리가 좀 너저분합니다."

내실로 모신 민규가 테이블을 치웠다. 잠시 짬을 틈타 기사회생요리 자료를 정리하던 차였다.

"기사회생요리방?"

메모를 본 박세가가 고개를 들었다.

"아, 예… 제가 호기심에……."

"이거 궁중구방에 나오는 내용이 아닌가?"

"예?"

자리를 정리하던 민규가 동작을 멈췄다. 궁중구방, 박세가 입에서 메모의 책 제목이 나온 것이다. 그도 이걸 안단 말인가?

"선생님……."

"궁중구방… 맞지?"

"그렇습니다만… 선생님도 그 책을 압니까?"

"알지. 옛날 내 선친께서 가지고 있던 책이었네."

"선친께서요?"

"이 셰프는 어디에서 구했나?"

"진우재 선생이 필사본의 필사본을 찾아냈더군요."

"진우재?"

"하지만 이 내용이 뜯겨 나갔기에 일본의 고서적상을 찾아가 겨우 얻어 왔습니다."

"일본의 고서적상이라면 코하루?"

"그 사람도 아십니까?"

민규 목소리가 높아졌다.

"알다마다. 궁중구방을 수소문하던 사람이라네."

"그럼 선생님 선친의 책을 그 사람이?"

"선친의 책은 그 전에 이미 도둑을 맞고 말았네. 아마 일본인들의 소행이었을 걸세. 물증은 없지만 심증은 있거든."

'일본인……'

"그건 내가 몇 군데 발췌해 둔 내용의 일부라네. 기사회생 요리라… 요리사라면 호기심이 들지 않을 수 없지. 젊은 날의 나 역시 마찬가지였네."

박세가의 시선에 회한이 스쳐 갔다. 그러고 보니 깜빡하고 있었다. 그의 선친이 궁중숙수였다는 사실…….

"선생님."

"말씀하시게."

"이번에 진우재 선생과 일본을 다녀오는 길에 고종의 독살설이 화제에 오르게 되었습니다. 그 비방도 어쩌면 왕들의 독살설이나 갑작스러운 죽음을 예비하려던 것이겠지요."

"그렇다고 들었네."

"선생님은 어떻게 생각하십니까? 기사회생요리……."

"왕이라면 누구나 예비하고 싶은 일 아니었겠나? 현대에도 과거에도 절대 권력을 노리는 자들은 한둘이 아니니… 게다가 왕이라고 해도 먹어야 사는데 옛날 왕들은 세 끼만 먹는 것도 아니었지. 불안을 느낄 수밖에."

"선친의 견해도 들으셨나요? 고종에 대해서……."

"들었네."

"역시 독살입니까?"

"공식 사인은 뇌출혈이었네. 하지만 그 옥체가 검게 변하고 입안이 녹아 뭉그러지는 등 전형적인 독살의 징후가 있었다더군."

"아……."

"하지만 이 셰프가 찾던 책이 사라진 것처럼 심증만 있지 물증은 없다고 하셨네."

"이 책의 원본을 만든 사람은 누군지 들으셨습니까?"

"들었네만 그도 고종이 승하한 지 3일도 지나지 않아 한강변에 익사체로 떠올랐다고 했네. 고종 독살의 단서를 쥐고 있던 시녀가 의문사를 당한 것처럼."

"둘 다 의문사로군요?"

"둘만이 아니었네. 직간접으로 관련된 사람들이 대부분⋯⋯."

"그들의 후손은 없나요?"

"그렇다고 들었네. 고종의 통역관이던 김강륙이 그런 사람들만을 골라 포섭을 했다고."

"선친의 말씀입니까?"

"그렇네."

"김강륙⋯⋯."

"그 소문 때문에 많은 사람들이 죽거나 투옥되었다네. 그런 말을 옮기는 자는 누구든 예외가 없었으니까. 그 양반은 그후로 일본에 무역을 하며 떼돈을 벌었고 해방 후에는 교육자로 변신해 장관까지 맡는 등 부귀영화에 존경까지 누렸지."

"그럼 아직도 그 후손들이 떵떵거리고 있겠군요?"

"15년 전에 교육부 장관을 지내고 왕실문화연구원을 설립한 김성술이 그 외아들일세. 나도 정통성이 부족한 요리로 한 시대를 풍미한 사람이니 할 말 없지만 그 집안이야말로 과거의 구설수를 덮고 명문가로 자리를 잡았지. 입각에 훈장에 문화 사업까지⋯⋯."

왕실문화연구원.

유명한 재단이다. 중국의 궁중요리 번역본과 희귀 자료도 많이 가지고 있는 곳이었다.

"좀 슬프군요."

"어쩌겠나? 역사를 돌아보면 거짓된 자들이 가면을 쓰고 영화를 누린 일은 셀 수도 없이 많다네."

"그럼 고종 승하 당시에 기사회생요리방을 구현할 수 있는 숙수는 한 명도 없었던 겁니까?"

"이 셰프는 그게 가능하다고 보는 건가?"

"이 요리방을 보고 며칠 곰곰 생각해 봤는데 어떤 경우에는 가능하다고 생각했습니다."

"이 셰프!"

박세가의 눈빛이 출렁거렸다.

"서양의학 말입니다. 지금은 숨이 멈춘 사람의 심장을 다시 뛰게 하는 기계도 만들었지 않습니까? 약물도 만들었고요. 제가 알기로 고려 말기의 숙수들 중에 기사회생요리방이 가능한 사람이 있었습니다. 그 사람의 제자가 이성계의 전속 숙수였으니 왕의 안위를 돌보는 대령숙수들에게 전하지 않았을 리 없습니다."

"고려에 그런 숙수가 있었다고? 그게 누군가?"

"권필이라고… 그러나 기록은 전하지 않습니다."

"전하지 않는 기록을 이 셰프는 어떻게 아는가?"

"기록이라는 게 꼭 글로만 남는 것은 아니죠. 숙수는 세습이었으니 선생님도 고종의 궁중 비사를 선친을 통해 들었지 않습니까? 그러니 다른 숙수들 중에서 그 후손에게 전할 수도 있고요."

"흠… 하여간 자네, 그 요리가 가능하다고 생각하는군?"

"누군가 기록으로 남겼다면 그 구현을 시도해 보는 게 옳지 않겠습니까?"

"안 될 말. 내가 선친의 노년기에 신선식도 가능하다던 특급 요리사들에게 그 비방을 보여줬네만 돌아온 건 냉소뿐이었네. 2약수는 뭐고 3영초는 뭐란 말인가? 오곡과 육기야 그렇다고 쳐도 용신재는? 용의 부분 그림들이 있었으니 용에게서 나온 것이라는 뜻일 텐데 어디서 구한단 말인가? 진시황이 불로초 찾기에 다름 아니지."

"2약수는 상지수에 정화수가 아닐까요? 3영초는 산삼에 영지 둘을 꼽고 솔잎이나 생강, 구기자 등이 쓰였을지 모릅니다. 용신재는 신화 속의 용이 아니라 용 자가 들어가는 약재나 식재료로 대체될 수도 있지요."

"이 셰프……."

"전하지 않는 것이라면 몰라도 기왕에 전하는 것을 전승하지 못한다고 생각하니 안타까워서 여쭤본 겁니다."

"그러고 보니 자네라면 손님상에서 남은 요리조차 먹어볼 사람이로군."

"……!"

박세가의 말이 민규 정곡을 찔렀다. 왕이 남긴 음식을 먹는 과정. 그건 단지 남은 음식의 재활용이 아니라 재평가와 함께 다음 요리에 대한 구상의 과정이기도 했었다. 초기에는 몇 번

시도했지만 지금은 점점 잊어가던 과정. 박세가가 그걸 일깨워 주었다.

"아무튼 이 셰프라면 도전해 볼 수도 있겠어. 자네는 동의보감 속의 약수도 만들 수 있는 사람이니……"

"궁리는 해보겠습니다."

"이거 오래 살아야겠군. 이 셰프가 세기의 비방 약선요리를 만드는 것까지 구경하려면."

박세가가 함박웃음을 지었다.

대화가 끝날 무렵 유명한 미식가 방송인 황순구와 박세가의 제자 몇 명이 들어섰다. 박세가가 민규를 위해 호출한 모양이었다.

"뭐 도울 일은 없겠습니까?"

황순구가 대표로 물었다.

"아닙니다. 괜한 민폐를 끼치고 싶지 않습니다."

민규가 답했다.

"그러지 말고 좀 부려먹게나. 이 친구도 그렇고 내 제자들도 재능 기부에 더불어 자네의 봉사 정신 좀 배우려고 일부러 온 건데……"

박세가가 말했다.

박세가의 제자 넷에 미식가 방송인 황순구.

그들을 보니 떠오르는 게 있었다.

"그렇다면 신세 좀 지겠습니다."

마침 민규가 그리려던 그림이 그들과 맞아떨어졌다. 머리에 그리던 요리를 설명할 때 손님 하나가 찾아왔다.

"안녕하세요?"

그는 열 살쯤 되어 보이는 딸을 데리고 있었다.

"무슨 일이죠?"

종규가 나서서 용건을 물었다. 오늘은 일반 예약이 없기 때문이었다.

"여기가 이민규 셰프님의 약선요리집이죠?"

"맞습니다. 하지만 오늘은 일반 손님을 받지 않습니다."

"아, 저 손님 아니고 이런 사람입니다."

그가 명함 한 장을 내밀었다. 유기농 농장 주인이었다. 그렇다면 식재료 건 같았다. 이렇게 찾아오는 사람이 많았다.

"알겠습니다. 하지만 지금은 바빠서… 다음에 오시면 시간을 내보겠습니다."

"그래요? 그럼 저녁때 오면 어떨까요? 제가 오늘 강원도 고랭지에서 서울의 유명한 특급 호텔에 납품을 왔거든요. 다 돌면 저녁때쯤 될 것 같은데……."

"뭐, 그러시든지요."

"이건 샘플입니다. 진짜 100% 유기농이니까 일단 한번 써보십시오. 유명 호텔에만 들어가는 퀄리티입니다."

농장 주인이 박스 두 개를 내려놓았다.

"샘플이라면 몇 개만 주셔도……."

"아닙니다. 들은 이야기인데 여기 셰프님이 저랑 먹거리 신념이 맞는 거 같아서요. 서로 잘 맞으면 윈윈 아니겠습니까?"

"그거야……."

"아무 부담 없이 사용하십시오. 100% 유기농 아니면 제 목을 겁니다."

농장 주인은 자신만만한 표정을 남기고 돌아갔다. 종규가 박스를 열었다. 채소와 견과류들이었다. 모양은 조금 못나도 생동감이 넘쳤다. 유기농이 맞는 것 같았다. 좋은 식재료 거래선은 많을수록 좋은 것. 일단 접수해 두었다.

* * *

"여기여?"

"아이고, 여그가 그 유명하다는 약선요리집이구만."

"아따, 식당 때깔부터 다르네그랴."

어르신 선발대들이 차에서 내렸다. 밴을 타고 온 팀도 있고 미니버스로 온 팀도 있었다. 시골 요양원에서 추천한 사람과 보건소에서 추천한 경로당이 대상인 까닭이었다. 그렇기에 할머니도 있고 할아버지도 있었다.

"어르신들, 이쪽으로 앉으세요."

차미람과 친구들이 출동했다. 그녀들은 친할머니 친할아버지를 모시듯 정성껏 어르신들을 안내했다. 그들의 행동 하나가 초빛의 이미지와 연결이 될 일. 그렇기에 민규에 대한 보답이자 개업에 대한 예행연습의 자세로 임했다.

어르신들은 둥글게 배치된 테이블의 한편에 앉았다. 오래지 않아 그 맞은편에도 손님들이 도착했다.

"여러분, 여기가 바로 대한민국 최고의 궁중요리 셰프님이 요리를 만드는 곳이에요."

양미순 원장의 육성이 울려 퍼졌다.

"와아아, 나비다."

앞줄의 여자아이가 허공을 보며 소리쳤다.

"진짜야."

"나비다."

"승기 머리에 앉았어."

"현서 어깨에도."

아이들, 난리가 났다. 종규의 마법이 작렬한 것이다.

"여러분, 조용. 식당에서 떠들면 예의가 아니에요."

양미순 원장이 손나팔을 동원했다. 아이들, 한꺼번에 떠들어대면 장난이 아닌 것이다.

"아이고, 구여뭐라. 내 새끼들……."

"어디서 병아리들이 저렇게 많이 왔대?"

"아유, 예뻐라. 꽉 깨물어주고 싶네."

오랜만에 아이들을 본 어르신들이 자지러졌다.

"여러분, 어르신들에게 인사!"

"안녕하세요?"

양미순의 말에 따라 아이들이 합창을 했다. 아이들은 그냥 합창하지 않는다. 일부는 깡총거리고 일부는 배꼽 인사에, 또 일부는 목청이 자지러진다. 무엇을 하든 어르신들은 귀여움 폭발에 어쩔 줄을 몰랐다.

"자, 다들 의자에 앉으세요."

"와아아!"

신호가 떨어지자 아이들이 뛰었다. 의자 하나를 두고 다투기도 한다. 그 머리 위로 나비까지 팔랑거리니 어르신들은 눈 둘 곳을 몰랐다.

"재희, 종규."

주방의 민규가 둘을 불렀다. 민규는 이미 요리 준비를 마친 후였다. 그 좌우의 요리대에는 오늘 쓸 식재료들이 가지런히 정돈되어 있었다. 종규와 재희가 1차 검수를 하고 민규가 2차 검수를 했다. 식재료는 '거의' 유기농이었다. 완전한 유기농은 구하기 힘든 까닭이었다.

오늘의 메뉴.

어르신들의 약선죽은 '황기—죽엽—서목태콩죽'과 '구기자—죽엽—방풍죽'의 두 가지로 정했다. 공히 정화수 죽물로 끓인다.

황기죽엽서목태콩죽은 노인들의 과로나 영양불량, 신기 비기의 부족으로 수분대사가 원활치 못해 붓고 기운이 달릴 때 좋다. 황기는 대표적인 보기 약재면서 수분대사를 원활히 하는 이수(利水) 효능이 있고 검은콩은 신장과 이수 비장의 기허, 기타 기허의 피로감과 노화에 탁월하다. 가시연밥을 섞어 넣으면 간장과 신장의 정혈 낭비를 막아준다. 죽엽은 입 냄새를 없애는 약선이었다.

방풍죽 역시 노인에게 좋다. 관절이 아프고 시리고 굴신이 불편하고 통증 부위가 일정치 않은 경우에 거풍한산 효능으로 감기에도 탁월하다.

아이들은 '황기―마―호두―죽'이었다.

황기는 기력을 더하는 동시에 면역력도 높여준다. 황기의 콜린 성분은 뇌 속 신경전달물질 분비를 활성화시켜서 뇌 기능 향상에도 좋다.

마 역시 두뇌 활동에 필요한 에너지원이자 장내 유익균까지 증식시켜 주니 아이들에게 좋았다. 호두 또한 신기능 활발하게 해 체질을 강화하고 뇌 기능을 강화하니 금상첨화의 조합이었다.

곁들임 요리는…….

1) 소고기+토마토+목이버섯+구기자에 각종 채소를 넣은 소방.

이는 기를 보하는 소고기에 진액을 만드는 토마토, 보기양혈(補氣養血)하는 목이버섯, 간과 신장을 강하게 하는

구기자로 기와 진액, 정혈의 보강을 돕는 요리였다. 아이
들용으로는 소고기 대신 보리굴비 살을 넣었다. 단백질과
철분이 많아 성장 발육에 좋기 때문이었다. 조기는 기를
보하는 데도 탁월했다.

2) 삽주에 석창포를 더한 약선설기.

이 요리는 맛도 좋지만 기억력감퇴와 심신불안 식욕부진, 귀
울림 등에 좋았다.

3) 흑임자호두강정

이건 간과 신 기능의 강화였다.

흑임자는 간과 신 기능을 보하고 몸의 자양 작용을 돕는다.
호두 역시 신 기능을 활발하게 하고 체질을 강화하는 한편 뇌
기능까지 활발하게 한다.

4) 쑥단자, 유자단자, 대추단자 삼총사.

5) 단호박양갱, 오미자양갱, 청포도양갱, 박하양갱.

어르신들 테이블에 올라갈 재료에는 공히 결명자와 오미자
가루를 더했고 아이들 쪽은 검은콩과 황률가루로 만든 율란
을 추가하면 되었다. 입 냄새를 잡고 진액을 보충하고 기를 올
리고, 아이들 역시 영양에 더불어 신 기능 강화와 두뇌 활동
촉진, 면역강화에 기여할 식재료들이었다.

재희와 종규가 가까이 다가왔다.

"오늘 오시는 어르신들, 뭐가 가장 애로일까?"

"입 냄새?"

기다렸다는 듯이 종규가 답했다. 순발력에 놀란 민규가 돌아보았다. 무료 봉사의 대상자들에 대해 말하지 않은 까닭이었다.

"형이 준비한 약재들… 특히 죽엽에 흰 연꽃, 참외씨, 그리고 박하와 오미자, 결명자… 공통점을 찾아보니 입 냄새 쪽이더라고. 맞았지?"

"제법인데?"

"흐음, 뭐 이 정도는……."

"너무 힘주지 마라. 입 냄새도 한 가지가 아니니까."

"아니라고?"

"구취와 구고, 순초와 설조."

"으악, 뭐가 그렇게 복잡해?"

"자신만만했으니 설명해 봐."

"구취야 입 냄새고… 위장의 열 때문인데… 그런데 구고는 뭐고 순초와 설조는 또 뭐야? 돌아가시겠네."

종규가 울상을 지었다.

"재희는?"

"입 냄새는 주로 위장의 열 때문인데 치주질환 등의 치과적 질환 때문이기도 합니다. 하지만 구고는 혀의 병이 아니라 심장의 열 때문이에요. 심장에 쌓인 열이 담즙을 쳐서 식도를 타고 입으로 올라와 쓸개를 씹은 듯한 쓴맛을 느끼게 하는 거죠."

"좋았어. 계속해 봐."

"에헷, 여기까지예요. 순초와 설조는 잘 몰라요."

재희가 자수를 했다.

"대략 다 맞았는데 입 냄새는 위장과 치아 질환 외에도 너무 노심초사하거나 고기를 많이 먹어도 날 수 있다. 노심초사하면 속이 탄다고 말하지?"

"예."

"순초는 입술이 말라 터지는 거고 설조는 혀가 마르는 현상. 심장과 비장의 열 때문이다. 죽엽과 흰 연꽃이 좋지. 참외씨 역시 유용하게 쓰이는데 약선이 여의치 않으면 말려서 가루를 낸 다음에 꿀을 섞어 환을 지은 후에 입에 물고 빨아 먹으면 입 냄새가 가신다."

"우와."

"기타 축농증도 냄새가 나는데 이때는 비린내가 난다. 편도질환 때도 마찬가지. 당뇨병의 경우에는 아세톤 때문에 과일 냄새가 나기도 하고 신장에 문제가 있으면 암모니아 냄새가 난다."

"입 냄새도 복잡하네요?"

"아이들은 편식이다. 둘이 한 파트씩 맡아서 책임을 지도록."

"예? 우리가요?"

"왜? 문제 있어?"

"그건 아니지만……."

"체질에 따라 두 파트로 나눠줬고, 정화수에 식재료에 약재 준비도 끝났고, 시간제한 없고, 서빙 도와줄 사람들 있고… 뭐가 문제야?"

"셰프님은 하나도 안 도와주는 건가요?"

"이미 도와줬잖아?"

"네?"

"초빛이라는 공간 제공. 무슨 말인지 몰라?"

"……!"

재희와 종규가 입을 다물었다. 초빛. 그 이름만으로도 먹고 들어가는 장소였으니 반박 불가였다.

"알았으면 어르신들 앞으로 가서 확인 시작하도록. 냄새의 정도에 따라 상중하로 나누고 순초와 설조가 있는 분들은 심장과 비장을 보하는 약재를 더하면 된다. 입 냄새가 아주 심한 분은 죽을 푸면서 참외씨가루와 꿀을 살짝 첨가하도록."

"……."

"나머지 VIP 테이블은 내가 맡는다."

"입 냄새 확인은 어떻게?"

종규가 울상을 지었다.

"알아서들 해야지."

민규의 단호한 턱짓이 둘을 압박했다.

VIP 테이블.

거기 앉은 사람은 둘이었다. 할머니 하나와 여자아이 한 명. 따로 앉힌 건 그 둘이 막강한 편식자들이기 때문이었다. 편식? 어른도 한다. 그 할머니가 증거였다.

"아주 참기름 귀신이라니까요."

주선자가 한 말이었다. 참기름이 없으면 밥을 먹지 않는다. 무엇에든 참기름을 넣는다. 목이 마르면 벌컥 마시기도 한단 다.

참기름을 마셔?

푸헐!

머리를 뒤로 묶은 여자아이도 그 못지않았다.

"지구 최강 미식가예요. 달고 고소한 맛이 아니면 다 골라 내요. 복숭아가 맵다고 뱉고요. 콩이 짜다고 뱉는다니까요. 그쪽 원장이 말라 죽을 지경이라네요."

이건 양미순 원장의 귀띔이었다.

두 VIP는 서로의 레벨을 알아본 건지 눈싸움까지 펼치며 긴장을 놓지 않았다.

참기름 절대 편식의 할머니 VS 쓰고 시고 떫고 매운 맛을 귀신처럼 골라내는 편식 어린이.

민규도 궁금했다.

누가 더 강자인지.

"어르신들, 약선요리를 위해 한두 가지 확인을 좀 하겠습니다."

민규 지시를 받은 종규가 종이컵을 돌렸다. 시범도 보여주었다. 후 하고 입김을 분 다음에 바로 냄새를 맡는 방식이었다.

첫 어르신부터 강력한 태클이 들어왔다.

"입 냄새 체크? 내 별명이 뭔 줄 알아? 미스터 깔끔이야. 젊을 때는 향수맨으로도 불렸다고."

경로당에서 온 할아버지가 컵을 밀쳐낸 것. 어르신의 입 냄새는 1천 년 썩은 블랙홀 탑재 수준의 SSS급 악취였다.

야리꾸리꼬릿노린구린내의 작렬!

'우워어……'

방독면이 그리워지는 종규. 그러나 손님 앞이었으니 차마 인상조차 쓸 수 없었다.

"어르신들 체질에 맞춰서 죽 쑤려고 체크하는 거예요. 그냥 한번 부신 다음 저 주시면 돼요."

"글쎄, 됐다는데도? 지금 음주 운전 체크야, 뭐야? 사람을 뭘로 알고……."

거친 말투에 종규 얼굴에 침 파편이 튀었다. 침 냄새 또한 거의 특급 독약 수준이었다.

난관 봉착!

그때 호기심 가득하던 여자아이가 쪼르르 다가왔다.

"할아버지, 이거 힘들지 않아요. 나도 할 수 있어요."

컵을 주워 든 여자아이. 당차게 시범을 보이더니 할아버지에게 컵을 내밀었다. 볼에는 미소가 가득하고 눈동자는 초롱거린다.

"……."

당황한 할아버지가 괜한 헛기침을 토했다. 아이에게조차 역정을 낼 수는 없는 까닭이었다.

"우리 할아버지는 이런 거 잘하시는데……."

여자아이는 말도 청산유수다. 할아버지가 거기서 녹았다. 별수 없이 컵을 받아 든다.

"내가 확인해 줄게요."

여자아이가 컵을 받아 들었다. 그 컵이 아이 코로 가는 순간…….

"에에엑, 냄새가 지독해."

여자아이가 코를 막고 몸서리를 쳤다.

"진짜?"

그 아이의 친구가 다가왔다. 그 아이는 아예 쓰러져 버렸다.

"할아버지가 입 냄새가 그렇게 독하냐?"

울상이 된 할아버지가 여자아이를 바라보았다. 아이는 한 걸음 물러서서 안전 거리를 확보한 채 고개만 끄덕거렸다. 코를 막은 눈에는 눈물마저 그렁거렸다.

"어디……."

당혹감에 확인에 나선 할아버지, 컵에 입김을 불고 냄새를 맡더니 얼굴이 창백하게 변하고 말았다.

"이럴 리가 없는데… 입 냄새는 술 좋아하고 양치 잘 안 하고 위가 아픈 사람에게서나 나는 건데……."

목소리에서 맥이 풀렸다. 그제야 이런저런 일들이 스쳐 갔다. 경로당의 일이었다. 그가 뜨면 할머니들이 슬금슬금 피했다. 마음에 둔 할머니 역시 마찬가지였다.

"어르신!"

민규가 수습에 나섰다.

"어르신 말씀이 맞습니다."

"응?"

"입 냄새는 위장의 열 때문에 납니다. 하지만 다른 이유가 또 있습니다. 너무 마음을 쓰며 애를 태워도 입 냄새가 심해지죠."

"하지만 이렇게 심할 줄은……."

할아버지가 두 아이를 바라보았다. 수치심에 어쩔 줄 모르는 표정이었다.

"이거 한번 마셔보세요. 천천히 입에 머금었다가 넘기시면 더 좋습니다."

민규가 내민 건 정화수였다. 웬만한 입 냄새는 진짜 정화수면 끝이다. 할아버지가 물을 마셨다.

"예은이? 우리 할아버지 실험 확인 다시 한번 부탁해도 될까?"

명찰을 본 민규가 여자아이에게 빈 컵을 주었다. 할아버지가 컵에 입김을 불었다. 긴장했는지 살짝 분다.

"세게요."

민규가 웃었다. 잠시 눈치를 살피던 할아버지가 제대로 입김을 불었다.

"우와, 이번에는 냄새가 안 나요. 야, 너도 맡아봐."

예은이가 옆 친구에게 컵을 주었다.

"진짜네."

"내 말이 맞지?"

"진짜 냄새가 안 나?"

할아버지가 물었다.

"네, 할아버지가 확인하세요."

"어이쿠, 다행이구나. 다행이야."

할아버지가 예은이를 안아 들었다. 아이는 경계심을 풀고 할아버지의 품을 받았다. 작은 마찰은 그렇게 정리가 되었다.

하지만 민규의 미션은 이제부터 시작이었다. 예은이가 마침 그 서막을 열어주었다.

"셰프님, 장우도 고쳐주세요. 장우는 뭐든지 다 골라내고 뱉어요. 나는 시금치하고 파, 고추 빼고는 잘 먹어요."

"맞아요. 장우가 우리 유치원 편식 대장이에요."

"편식 마왕 조장우!"

아이들이 우우 합세를 했다. VIP 테이블의 편식 어린이가 울상을 지었다. 공인 놀림감이자 공인 왕따였다. 아이도 싫은 건 안다. 놀림은 더욱 싫다. 그렇기에 잔뜩 기가 죽은 조장우.

너 놀림당하는 거 싫지?

그럼 이거 먹어. 친구들에게 보란 듯이 보여줘.

전 같으면 저렴한 공식으로 밀고 나갔을 민규.

하지만 오늘 민규 머릿속에 든 건 그 반대였다. 놀림감의 대반전. 이 아이를 스타로 만들어줄 생각이었다. 그렇지? 그냥 편식 교정은 멋없잖아?

장우!

민규가 아이를 돌아보았다. 눈이 마주친 장우는 딴청을 부렸다.

짜식, 긴장되니?

하지만 쫄 거 없어.

이제 네가 스타가 될 시간이거든.

민규가 웃었다.

뒷마당 쪽에 대기 중이던 즉석 이벤트 팀에게 신호를 보냈다.

"준비됐으면 나와주세요!"

민규의 외침을 따라 아이들 시선이 집중되었다. 어르신들도 그랬다. 박세가의 제자들이 나왔다. 선두는 황선구였다. 그가 든 깃발에는 글자들이 또렷했다.

[어린이 미식왕 선발 대회]

어느새 깃발까지 만든 박세가의 제자들. 아이들 앞에 작은 세트를 꾸며놓았다. 민규의 장우 스타 만들기 프로젝트의 발동이었다. 식사 전의 이벤트이자 아이들의 편식을 날려줄 회심의 기획이기도 했다.

"여러분, 나 알죠?"

진행을 맡은 황선구가 아이들에게 물었다.

"네에!"

아이들이 발을 구르며 대답했다.

"오늘 이민규 셰프님 주관으로 어린이 미식왕 선발전을 개최합니다. 이 테이블에는 여러 가지 요리가 있습니다. 요리마다 숨겨진 맛이 있는데 그걸 찾아내는 사람에게 이 셰프님이 가족 요리 이용권을 무료로 드린답니다."

"와아!"

뭐가 뭔지 모르는 아이들. 대회라니까 엉덩이부터 들썩거렸다.

"자, 어린이 여러분, 다들 나와주세요."

황순구가 아이들을 재촉했다. 아이들이 다투어 몰려 나갔다.

"조장우."

민규가 장우를 바라보았다.

"네?"

장우는 아직도 풀이 죽은 채였다.

"너도 나가야지."

"……"

"가봐."

주저하는 아이를 민규가 밀었다. 놀림감이 되면서 매사에 자신감을 잃은 아이. 그렇기에 소극적이었다. 마지못해 일어나더니 비실비실 황순구 앞으로 향했다.

"어린이 미식왕 선발전, 우리 멋진 선수들에게 박수 부탁합니다."

황순구가 분위기를 띄웠다. 아이들의 귀요미 폭발에 어르신들도 박수로 동참했다. 요리 테이블이 공개되었다. 김이 모락거리는 만두가 보였다. 삼색의 만두는 세 개의 작은 대나무 접시에 담겨 고운 자태를 뽐냈다. 크기는 밤처럼 작았다.

"방식은 간단합니다. 맛을 보고 어떤 재료를 썼는지 맞히면 됩니다."

"와아아!"

"어린이… 이름이 한수연이군요. 자신 있나요?"

황순구가 한 아이에게 물었다.

"네!"

"여기 장기철 어린이도 자신 있나요?"

"네에, 자신 있어요. 내가 1등 할 거예요."

아이들은 경쟁적으로 깡충거렸다. 조용한 건 조장우뿐이었다. 맨 끝에 선 장우는 도무지 섞일 줄을 몰랐다.

『밥도둑 약선요리王』 15권에 계속…

초대형 24시 만화방

신간 100%, 샤워실, 흡연실, 수면실(침대석), 커플석, 세탁기 완비

■ 광명 광명사거리역점 ■

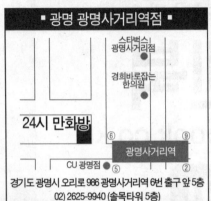

경기도 광명시 오리로 986 광명사거리역 6번 출구 앞 5층
02) 2625-9940 (솔목타워 5층)

■ 강북 노원역점 ■

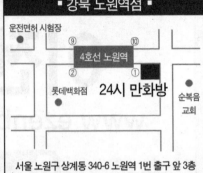

서울 노원구 상계동 340-6 노원역 1번 출구 앞 3층
02) 951-8324 (화용빌딩 3층)

■ 일산 정발산역점 ■

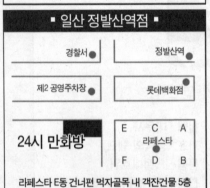

라페스타 E동 건너편 먹자골목 내 객잔건물 5층
031) 914-1957

■ 일산 화정역점 ■

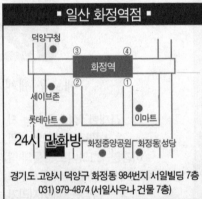

경기도 고양시 덕양구 화정동 984번지 서일빌딩 7층
031) 979-4874 (서일사우나 건물 7층)

■ 부천 역곡역점 ■

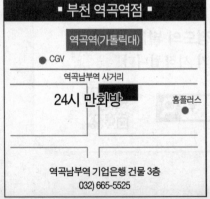

역곡남부역 기업은행 건물 3층
032) 665-5525

■ 부평역점 ■

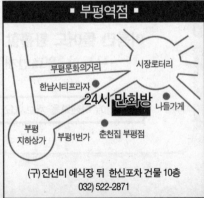

(구) 진선미 예식장 뒤 한신포차 건물 10층
032) 522-2871